나는
너와의 연애를
후회한다

나는
너와의 연애를
후회한다

허유선 지음

MIXCOFFEE

나를 철학하게 만드는, 그놈의 연애
: 철학과 연애의 상관관계

연애를 하면 헤퍼지는 것들이 있다. 웃음, 눈물, 지금껏 지어본 적 없던 표정, 내 사전에는 없는 줄만 알았던 의심과 질투, 남들이 하면 눈살을 찌푸릴 닭살 돋는 행각들, 그리고 상대와 나누고 싶은 미래를 그리며 히죽히죽 실없이 웃는 일도 많아진다. 연애가 잘되면 우리는 고민하지 않는다. 행복한 사람은 시계를 보지 않는다는 말이 있는 것처럼 말이다.

하지만 연애가 쉽지 않을 때는 고민과 생각이 더 많아진다. '내가 예쁘지 않아서, 멋지지 않아서 그런가? 아니면 마음이 변한 걸까?'와 같은 고민이 꼬리에 꼬리를 물고 끝없이 이어진다. 옆에서 보면 사소하고 어리석은 고민이라는 것을 알지만, 막상 당사자가 되면 한없이 캄캄한 벽을 만난 것만 같다. 몇 번을 반복해도 마찬가지다. 조금 익숙해지기는 해도 연애를 하면서 문제나 고민이 아주 없어지지는 않는다. 연애가 없던 고민을 만들기도 하고, 그 고민 때문에 연애가 더 힘들어지기도 한다.

연애를 하면서 생기는 고민은 데이트에 입고 나갈 옷, 상대방의 말투, 데이트 비용 등 아주 사소한 것에서 시작하지만 최종적으로는 그런 일상을 뒷받침하는 굵직굵직한 삶의 의미나 가치를 돌아보게 만든다. 나는 어떤 사람인지 자아 성찰을 하게 되는 것도 모자라 인생의 근본적인 의미, 삶의 원리에까지 생각이 미치기도 한다. 연애의 목적과 가치, 우리의 미래, 행복의 의미 등등. 그래서 지금 당신은 이미 '철학'을 하고 있는 것이다.

연애와 철학은 아주 먼 이야기 같다. 온 감정 다 끌어모아 들이붓고 절절 매는 게 우리가 기대하는 연애의 정수니까. 그러니 한없이 차갑게 논리적으로 파고들어서 마침내 A는 A가 아니라는 한숨 나오는 결론에 도달하는 철학과는 거리가 멀어도 한참은 먼 것 같다. 흔히 생각하는 철학은 인간미가 하나도 느껴지지 않는 창백한 얼굴의 스크루지 영감 같은 것이니까. 그런데 철학과 연애가 이어져 있다니, 이게 무슨 말일까?

자신을 한 번 돌아보자. 어떻게든 상대와의 관계를 유지하려고 아등바등 애쓰고 있지는 않은가? 콧대 높게 살아온 나의 행적들을 눈물로 참회하면서 끙끙 앓고 있지는 않은가? 아니면 믿는 도끼에 시원하게 발등 찍히고 피를 철철 흘리고 있는가? 만약 그렇다면 다시는 사랑에 속지 않겠다고 다짐하며 마음의 문을 걸어 잠가버렸을 것이다.

지금 당신이 느끼는 그런 기분들, 지금은 아니지만 한 번쯤은 겪어봤던 일들을 돌아보라. 연애는 풀리지 않는 고민의 연속이다. 다른 말로 하면 당신은 지금 '삽질 중'이다. 끝까지 다 파야 맞는 건지 틀린 건지, 아니면 그저 다른 것인지를 알게 되고, 그제서야 다음으로 넘어갈 수 있으니까 말이다.

철학이라는 게 그렇다. 그냥은 쉽게 풀리지 않는, 단단히 얼어버린 땅 같은 삶의 문제들이 있다. 그렇지만 도저히 지나칠 수 없어 자꾸 생각하게 되고, 묻고 싶어지는 문제들이다. 그래서 그 문제의 바닥이 보일 때까지 파고 또 파는 일이 철학의 기본이다. 도대체 이 문제가 무엇이고, 왜 문제가 되었는지, 어떤 방식으로 대응하면 좋을지, 멈추지 않고 끝까지 깊이 생각하는 일이 철학이다. 거짓, 편견, 오해와 착각, 환상으로 진실을 가리지 않는 곳까지, 그리고 그런 일을 가능하게 하는 과정으로 나아가는 것이 바로 철학이다. 그런데 보통은 어떤 문제에 대해 그렇게 많이, 깊게, 끝까지 생각하지 않는다. 먹고사는 일이 바쁘기도 하고, 오래 붙들고 있는다고 꼭 문제가 해결되리라는 보장도 없으니까. 깊게 많이 생각하는 일은 괴롭고 지루한 일이기도 하다. 그러니까 계속해서 생각하게 된다는 건 그 문제가 정말 나에게 절실하다는 뜻일 것이다. 힘들고 괴롭지만 묻지 않고는 견딜 수 없게 되어야 비로소 우리는 아주 깊이 생각하기 시작한다.

무엇보다 절절하게 온몸과 마음을 다해 생각하게 되는 순간 중 하나가 바로 사랑이 괴로운 날인 것 같다. 우리가 연애와 사랑 때문에 삽질하는 시간은 누구나 철학하게 되는 시간이기도 하다. 그렇게 깊이 생각하고, 생각을 잘 정리하며 확장하는 힘은 연애에 아주 큰 힘이 된다. 그리고 생각하는 시간을 통해서 누구나 그렇게 할 수 있다. 이제부터 함께 생각해보자.

끝으로 이 책은 『연애하면 왜 아픈 걸까』를 더 많은 독자들과의 만남을 위해 간략히 줄인 개정판이다. 개정 전 판본에서 철학적 내용 등 필자의 의도에 더 가까운 설명을 만나볼 수 있을 것이다.

허유선

2부 ✦ 연애의 두려움

3부 연애의 노력

4부 ✨ 연애의 기대와 희망

1부

연애의 외로움

살 수는 없을까?

사랑을 안 하고

한밤중에 전화가 걸려왔다. "어쩜 좋아. 나 그 사람을 사랑하게 됐어." 오랜만에 듣는 풀 죽은 목소리. 연애를 할 때도 짝사랑 같은 관계를 거듭하던 친구였다. 이미 오랫동안 혼자 하는 사랑에 힘들었기 때문에 더 이상 그런 사랑을 하고 싶지 않다던 그녀였는데, 결국 다시 힘든 길로 들어서게 되었다는 고백을 했다.

친구의 말이 이어진다. "누군가를 좋아하는데 왜 더 외롭고 쓸쓸할까? 사귀고 있는데도 꼭 나 혼자만 그 사람을 좋아하는 것 같아." 나는 아무런 대답도 할 수가 없어서 그저 듣고만 있었다. 나

이를 먹고 경험이 늘어도 사랑과 함께 찾아드는 그림자를 피하기
는 어렵다. 관계의 기술을 그간 충분히 익혔다고 생각했는데 그래
도 쉽지가 않다. 내 마음을 간수하는 일도, 상대를 헤아리는 일도,
다른 생각 안 하고 그저 좋아만 하는 일도 다 어렵다.

　　나이가 들고 연애 경험이 쌓일수록 고백하지 않고 혼자서 좋
아하거나 상대는 반응이 전혀 없는데도 짝사랑하는 경우는 점차
줄어든다. 사는 것도 힘들고 피곤한데 그렇게까지 마음 쓸 여유가
없어서 그런가 보다. 그런데도 가슴 아픈 일이나 사랑의 고민이
전부 사라지는 것은 아니었다. 서로의 호감을 어느 정도 확인하고
사귄다고 해도 안심할 수 있는 일상적인 연애나 견고한 관계의 궤
도로 올라가는 일은 그리 쉽지 않기 때문이다.

　　마음의 진도를 나가는 속도나 마음의 온도는 차이가 있을 수
밖에 없다. 그 속도와 온도의 차이를 어떻게 줄이고, 어떻게 맞춰
가느냐에 따라 진지하고 견고한 관계로 들어갈 수 있는지 없는지
가 정해진다.

　　그래서 처음부터 너무 좋은 티 내지 말고, 다 주지 말고, 적당
히 튕기거나 거리를 두어야 한다고 한다. '나는 덜 주고 네가 나에
게 더 많이 줬으면 좋겠어.'라고 생각하는 것은 깍쟁이라서가 아

니다. 둘이 함께 걷는데 걸음 속도가 서로 다르다면, 누군가 한 명은 반드시 뒤처지게 될 것을 염려하는 것이다. 그 간격을 줄이지 못하고 점차 더 벌어진다면 둘은 어느새 다른 길을 향하게 될 테니까. 적당히 거리를 두라는 조언은 그 때문이다. 연애는 나 혼자 빨리 달린다고 되는 일이 아니다.

연애는 혼자 하는 게 아니라 두 사람이 함께 맺는 관계라서, 우리는 마음을 조절하기 위해 애쓴다. 천천히 적당히, 좋아하더라도 사랑으로 확신하는 건 뜸을 들일 수 있도록 노력한다. 마음을 능수능란하게 조정하기가 쉽지 않다는 것을 알면서도 말이다.

"나를 더 많이 사랑하고 아껴주는 사람만 좋아할 수는 없을까? 사랑할 때가 더 힘든 것 같아. 그래서 그냥 누구도 좋아하지 않으면서 살고 싶어. 그러면 더 편하지 않을까?"

사랑에 아파봐서 사랑이 마냥 달콤하지만은 않다는 걸 알게 된 사람이라면 한 번쯤 생각해봤을지도 모른다. 식물처럼 조용하게, 기계처럼 반듯하게, 그렇게만 살기를. 좋을 것도 나쁠 것도 없이 시계추처럼 살기를. 재미는 없어도 안전하고 아프지 않도록, 그렇게 사랑 없이 살 수는 없을까? 사랑이 없으면 마음의 어떤 떨림도 쓸쓸함도 슬픔도 느끼지 않고 살 수 있을까? 차라리 그 편이 나을지도 모른다. 하지만 사람인 이상 그렇게 살기는 어렵다.

★
★

태
어
났
다

사
랑
에
뛰
어
들
기
위
해

혼자서만 사랑하기란 참 지친다. 나도 사랑을 '받고' 싶다. 그런데 사랑 한 번 받기가 왜 이리 힘든 걸까? "당신은 사랑받기 위해 태어난 사람, 당신의 삶 속에서 그 사랑 받고 있지요."라는 노래 가사가 허무하게 다가온다. 물론 이 노래에서의 사랑은 종교적 의미이기는 하지만, 그래서 더 의미심장하지 않은가? 나는 사랑받을 자격이 충분한 사람이라고 신이 보장해주는 거니까.

이 노랫말처럼 우리는 사랑받아 마땅한 존재라서 이미 충분히 차고 넘치게 사랑을 받고 있을 수도 있다. 하지만 이런 사랑은 신과 인간의 관계에 한정된다. 사람과 사람 사이라면 이야기가 좀 달라진다. 우리는 매일 사랑에 대해 고민한다. '너는 왜 나를 사랑하지 않을까?' '왜 너의 사랑을 얻기 위해 이토록 아파야 할까?' 우리는 누군가에게 사랑을 받기 위해 태어난 게 아니라, 끊임없이 사랑을 원하고 찾기 위해 태어났다. 최소한 나와 너라는 사람과 사람의 관계에서는.

철학자 에리히 프롬은 우리는 태어난 순간부터 외롭고 불안할 수밖에 없다고 말한다. 엄마의 배 속에서 나오지 않았다면 아마 우리는 안전하고 행복했을 것이다. 그곳에는 나와 엄마밖에 없다. 나를 괴롭히거나 위협하는 것도 없고, 나를 둘러싼 세계는 오직 나만을 위해 존재한다. 그러나 우리가 그곳에 계속 머물러 있었다면 지금 이 세상을 만날 수 없다. 우리는 이 땅에서 살기 위해 나만을 사랑해주는 곳을 박차고 나온 셈이다.

나만을 위해 존재하는 고향을 잃었으니 늘상 허전하고 외로울 수밖에 없는 게 아닐까? 처음에는 혼자가 아니라 엄마와 함께였고, 서로 붙어 있었지만 이제는 혼자가 되었다. 세상은 내 편이 아닐뿐더러 나만 돌봐주지도 않는다. 그러니 외로움은 당연하다. 엄마 배 속을 박차고 나와서 잃어버린 만큼 채워 넣어야 허전하지 않을 수 있다. 그래서 사람은 태어난 순간부터 혼자만으로는 부족하고, 모자람을 메꿔줄 사랑을 찾아 움직일 수밖에 없다고 한다.

'금사빠'는 '금방 사랑에 빠지는 사람'을 말한다. 금사빠 타입의 친구들은 가끔은 헤프다는 소리를 듣거나, 사랑에 빠지는 속도가 빠른 대신 마음의 무게는 가벼울 것이라는 평가를 받는다. "남자(여자) 없이는 못 살겠니?"라는 비아냥을 들을 때도 있다. 하지만 남들이 뭐라고 하지 않아도 그런 사람들은 스스로를 구제불능이라고 자책하기도 한다. 정말 그럴까?

어찌 보면 금사빠는 가장 인간적인 사람들인지도 모른다. 에리히 프롬에 따르면 우리는 태어난 순간부터 이미 사랑을 찾고, 사랑을 하고, 사랑에 빠질 채비를 하고 있다고 한다. 그러니 마음이 움직여 사랑에 빠지는 것은 너무나 자연스러운 일이다. 우리는 사랑'받기' 위해 태어났다기보다는 사랑'하기' 위해 태어났다고 하는 편이 더 어울릴지도 모른다. 나의 빈 곳을 채우기 위해서, 또 다른 세계를 만나기 위해서, 더 넓은 곳으로 나아가기 위해서 사랑을 찾는 것이다. 그러니까 오히려 마음이 흘러넘치지 않는 게 더 이상하다. 마음을 억지로 누르고 있다는 신호일지도 모른다.

★
★

상처를 두려워 말고

사랑을 주자

다른 사람과 마음의 온도를 맞추는 일에 능숙하지 않은 사람은 이렇게 기도하곤 한다. '상처받지 않게 해주세요. 내가 그 사람을 좋아하는 만큼 그 사람도 나를 좋아하게 해주세요.' 그리고 누군가를 생각하는 마음이 더 깊어지면 '제 사랑 때문에 그 사람이 상처받지 않게 해주세요.' 하고 바라기도 한다. 이토록 가련하고 수줍은 순정파들이라니.

사실 이런 마음은 꼭 그 사랑이 대단해서 갖게 되는 것은 아니다. 대개는 이전에 했던 사랑의 상처에서 깨달음을 얻었기 때문이다. 상처를 주는 일을 저어하는 마음 씀씀이는, 무턱대고 달려들던 시작 단계에 비하면 장족의 발전이지만 우리는 아직도 조금 더 나아갈 필요가 있다. 당신이 어쩔 수 없이 빠져버린 그 관계는 상처를 주지 않는 것만으로는 만족될 수 없다.

어떤 관계도 맺지 않으면 그만일 텐데, 이미 그 선을 넘어버렸으니 어느 정도의 상처는 각오할 수밖에 없다. 서로 다른 두 사람이 만나서 함께 연애를 하는데 어떻게 부딪히는 일이 없을 수 있을까. 하다못해 새 신발을 신을 때도 발과 신발이 서로 적응하고 맞춰가는 시간이 필요하다. 발이 까지거나 물집이 생기는 만큼 신발에도 주름이 생기고 뒤축이 꺾이기도 하면서 발과 신발은 서로에게 맞춤형이 된다. 신발을 길들이는 것이다. 상처내고 상처받는 일은 사실 서로에게 길들여지고 길들이는 일이기도 하다. 하나부터 열까지 모두 같을 수는 없기에 서로 부딪히면서 깎이고 둥글둥글해지고 결이 다듬어지는 것이다.

그러니 그 사람 곁에 있고 싶고, 그 사람과 함께 삶을 나누고 싶다면 상처는 없을 수 없다. 물론 나와 공통점이 많아서 그 사람을 좋아하게 되기도 하지만 그렇다고 해서 '나=그 사람'인 것은 아니다. 나와 같지 않기 때문에 더욱 닿고 싶고 연결되고 싶어진다. 내가 나인 채로 족하다면 사랑에 빠지지도 않았을 것이다.

그래서 상처가 없는 사랑, 길들이는 시간을 따로 필요로 하지 않는 사랑을 원하는 사람들은 사실은 자기만 사랑하는 자기성애자일 수도 있다. 소위 나르시스트라고 불리는 부류 말이다. 아니면 반대로 자기 정체성을 완전히 포기해버린 사람일 수도 있다. 나는 없고 상대방만 있는 것이다. 이런 사람은 자신이 바라던 미래나 취향 같은 것은 모두 버리고, 오로지 상대방이 먹고 싶은 음식, 보고 싶은 영화, 입고 싶은 스타일 등 철저히 상대에게만 맞추는 연애를 한다. 나르시스트이든 자신을 포기한 사람이든 둘 중에 한 사람만 인정하고 나머지는 무시하는 관계라는 건 마찬가지다.

　　서로 달라서 화학반응이 생기고, 마음을 자극하면 서로 오고 가는 것이 생기고, 그 과정에서 어쩔 수 없이 갈등, 엇나감, 상처 같은 것들도 생겨나기 마련이다. 서로 다른 두 사람이 만나는 사랑은 당연히 그런 과정을 거칠 수밖에 없다. 그 과정이 꽤 순탄하거나 그렇지 않거나 하는 정도의 차이는 있을 수 있겠지만.

　　길들여지는 과정이 없는 평화는 어느 한쪽을 억지로 누르거나 포기하는 거짓 평화다. 두 사람이 강제로 하나가 되어 누군가는 반드시 숨을 죽이고 눈치를 보고, 누군가는 상대방에 대한 배려 없이 자기 뜻대로 움직이면서도 '우린 참 잘 맞네!'라고 착각하는 슬프고 어두운 평화 말이다. 그러니 상처가 없기를 바라는 마음은 서로 존중하고 사랑하며, 길들여지기를 바라는 관계에서는 불가능한 소망이다.

이왕 시작해버렸다면 조금 더 적극적으로 움직여보는 건 어떨까? 상대가 사랑을 주지 않는다면 사랑받을 수 없지만, 내 사랑을 상대에게 나누어줄 수는 있다. 물론 마음의 속도가 서로 많이 다를 때는 약간 거리를 두고 속도를 조절할 필요는 있다. 상대방 마음의 온도와 상관없이 일방적으로 사랑을 주려고 하는 것은 어떤 의미로 폭력이 될 수 있다.

게다가 감정에 허우적거릴 때는 스스로 그 감정의 주인이 될 수 없다. 감정이 이끄는 대로 속수무책 끌려갈 따름이다. 사랑에 빠지는 것과 능숙하게 사랑을 잘하는 것이 같다고 생각하지는 않길 바란다. 사랑에 빠지는 일은 확실히 내가 손을 쓸 수 없는 불가항력의 일이다.

하지만 사랑을 '하는' 일은 다르다. 이미 사랑을 시작해버린 단계에서 바랄 수 있는 건 사랑을 '잘하는' 일이다. 특히 내가 상대방을 사랑하는 일을 잘해야 한다. 상대방에게 말로만 사랑한다고 선언하는 것이 아니라 정말로 상대방에게 사랑을 주는 일, 이제는 사랑을 주는 일을 잘할 차례다.

나만 힘들지 않을까?

주기만 하다가

지고지순한, 주기만 하는 사랑은 어딘지 옛날 냄새가 난다. 어쩐지 자기 무덤 자기가 파는 바보처럼 느껴질 때도 있다. 상대방이 무엇을 하든 함께하려 하고, 자신은 피눈물 흘려도 그 사람 좋으라고 다 퍼주고, 무엇이든 져주려고 한다. 마지막 남은 나무 밑둥까지 소년에게 내어주고도 아무런 원망도 하지 않는 아낌없이 주는 나무 이야기처럼 말이다.

자신의 생각, 느낌, 개성 같은 건 전부 버리고 오로지 상대방에게 맞추는 일이 정말 사랑의 가장 확실한 증거일까? 마음으로는 그럴 수 있어도, 실제로 그런 사랑을 감당할 사람은 없다. 일방적으로 헌신하는 건 진짜 사랑을 '하는' 게 아니다. 상대방에게 준 후에 자신에게 남는 게 아무것도 없다면 그건 준다기보다 '털리는' 것에 가깝다.

에리히 프롬은 일방적인 희생이 사랑이라고 생각하는 사람은 사랑을 주고받는 교환의 단계로만 생각하는 것이라고 한다. 아마 대부분의 현대인이 모든 관계는 주는 만큼 돌려받아야 한다고 생각할지도 모른다. 그러나 모든 관계에서 균형에 맞게끔 정당하게 주고받는 것은 사람의 마음에 걸맞는 이야기가 아니다. 천 원 내고 백 원 거슬러 받는 상품 거래에 맞는 이야기다.

우리는 경제 원리에 맞춰 생각하는 데 익숙해져 있다. 왜냐하면 자본주의 시스템 안에서 사는 일이 너무 당연하고, 상품의 교환은 자본주의의 가장 기본적인 구도이기 때문이다. 그렇다고 해서 당신의 사랑도 상품 교환과 같은 것일까?

에리히 프롬은 그런 단계에 머무르기 싫다면 다르게 생각하라고 권유한다. 주기만 하는 사랑이 아니라 아예 받을 생각도 하지 않고 주는 사랑을 하라고 말이다. 그런데 이런 일이 가능이나 할까? 게다가 주기만 하면 결국 아무것도 남는 게 없는데, 결국 착취당하는 게 아닌가. 그런데 에리히 프롬은 마음의 부자가 되면 그런 사랑이 가능하다고 말한다.

마음의 부자라니, 너무 추상적이다. 일단 물질적 부자부터 생각해보자. 어떤 사람이 다른 사람을 위해서 밥이나 돈을 베풀었다. 밥이나 돈 같은 고정된 형태의 자산만이 아니라, 자신의 생각과 활동을 건네주는 재능 기부를 할 수도 있다. 그런데 자기 살림이 쪼들리고 아이디어나 능력도 전혀 없는데 기부를 할 수 있을까? 뭐든 가지고 있어야 나눠주는 일도 가능하다.

다른 사람에게 주고 나서도 생활에 큰 타격이 없을 정도로 여유가 있을 때 베풀기가 쉽다. 그래서 기부자가 될 수 있다는 것은 그만큼 자신이 많이 가지고 있고, 살 만한 여유가 있다는 증거이기도 하다. 그렇게 여유롭게 잘 쓰고, 잘 줄 수 있는 사람을 부자라고 부르는 것이다.

사람은 주면서도 기쁨을 느낄 수 있다. 베푼 사람한테 뭔가를 다시 돌려받지 못해도, 그저 줄 수 있다는 것 자체만으로 내가 잘 살고 있는 사람이라는 사실을 확인할 수 있기 때문이다. 뭔가를 기부할 때 돌아올 것을 바라는 사람은 없다. 설령 바라더라도 자신이 베푼 것과 꼭 같은 것이 돌아오기를 바라지는 않는다. 똑같은 것을 바란다면 기부가 아니라 교환일 뿐이다.

사랑을 주는 일도 그렇다. 진정으로 사랑을 줄 수 있는 사람은 나누어 쓸 수 있을 만큼 많이 가지고 있는 사람이다. '난 가진 게 없는데 어떡하지.' 싶은가? 돈이 아무리 많아도 늘 모자라다고 생각하면서 더 쌓아올리기에 바쁜 사람이 있는가 하면, 재산이 적어도 다른 사람에게 잘 나누고 베풀며 가진 것을 잘 활용하는 사람도 있다. 그렇기에 부자란 많이 모아둔 사람이 아니라 '잘 쓸 수 있는 능력'을 갖춘 사람을 뜻한다.

지금 얼마나 많이 가지고 있는지가 아니라, 쓸 수 있는 능력을 최대한 발휘하는 일이 중요하다. 상대방을 위해, 우리 관계를 위해, 오늘 하루가 지나면 다시없을 이 시간을 위해, 마음을 다해 움직일 수 있다면 그 자체로 뿌듯하고 기쁘지 않을까? 매일 똑같던 일상이 완전히 새로울 것 같다. 그것만으로도 얼마나 감사한 일인지! 사랑한 후의 세상은 이렇게 다채롭게 빛나고 있다.

그러니 사랑을 진정으로 '쓰고', 마음을 나누어줄 수 있는 사람은 혼자만 더 많이 사랑한다고 해서 마음이 가난해지지 않는다. 쓰고 또 써도 줄지 않는 사랑을 상대방을 통해 확인하고, 새로운 경험과 교훈을 얻고 있으니까. 그래서 혼자 하는 사랑은 때로 슬프지만, 진정으로 사랑을 나누고 있다면 삶은 더 풍성해진다.

자신이 가진 것을 다 드러내며 적극적으로 사랑하고 사랑을 주는 일, 누구나 할 수 있을 것 같지만 쉽지만은 않다. 가만히 앉아 상대를 기다리는 태도로는 결코 할 수 없는 일이다. 돌려받을 것을 기대하며 전전긍긍하기보다는 사랑이라는 이름에 걸맞는 아름다운 시간을 만들어보는 게 어떨까?

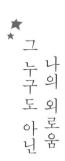

그
누
구
도
아
닌

나
의
외
로
움

청춘남녀가 외롭다고 말하면 흔히 돌아오기 가장 쉬운 대답이 "연애해."인 것 같다. 한 번쯤 더 생각하는 사람들은 "사람들은 모두 외롭다."고 대답해주기도 한다. 그나마 "소개팅 주선해줄게."라는 대답이 꽤 실용적인 답변이 아닐까 하는 생각이 든다. 만남의 기회는 소중하니까. 세 가지 답변 모두 거짓이거나 애정이 덜한 대답이라고 할 수는 없지만, 그저 '나'의 외로움이 요구하는 대답이 되기에는 아쉽다.

첫 번째 대답은 연애가 하고 싶다고 해서 당장 할 수 있는 일만은 아니라서 공허하고, 두 번째 대답은 나의 개인적인 문제를 인간 전체의 문제로 바꿔버려서 공허하다. 나는 지금 '나'의 일로 괴로운 것이지, 보편적인 '인간'의 문제로 괴로운 것이 아니지 않은가. 사람들이 모두 외롭다고 해서 나의 외로움을 당연하게 받아들이는 건 그리 쉬운 일이 아니다.

구체적인 고민은 추상적인 답변으로 해결되지도 않고 해소될 수도 없다. 설령 그것이 정답이라고 해도, 내 마음에 스며들어와 나의 말로 정리할 수 없으면 아무런 도움이 되지 못한 채 스르륵 흘러갈 뿐이다. 예를 들면 대학수학능력시험에서 고득점자한테 물어보는 "고득점의 비결은 무엇입니까?"라는 질문의 답과 같다. 대답이 "예습과 복습을 꾸준히 했어요."라면 맥이 탁 풀리는 건 나뿐일까? 굉장히 훌륭한 말이긴 하지만 일반론이라서 오히려 허탈하기만 하다.

세 번째 대답은 어찌되었든 나를 지금의 상태에 내버려두지 않고 움직이게 한다는 점에서는 좀 낫지만 여전히 문제는 남는다. 나의 외로움은 연애로 해소될 수 있는 종류의 외로움일까?

그러니까 결국 이런 종류의 고민은 남에게 물어봤자 큰 도움을 얻기 힘든 고민이 된다.

어떤 점에서는 내 인생의 답을 남에게서 구한다는 것 자체가 어불성설인 것 같다. 특히 자기 마음의 답을 구하려고 한다면 더욱 그렇다. 병이 나면 병원에 가서 의사 선생님에게 조언을 구한다. 의사가 그 분야의 전문가이기 때문이다. 그렇다면 내 인생, 내 마음의 전문가는 누구일까? 사람의 마음이 어떻게 작동하는지에 관한 전문가는 따로 있을지 모른다. 하지만 그들이 아무리 지식이 많다 해도 '나'의 인생과 '나'의 마음에 관한 최고의 전문가는 될 수 없다.

'나'의 인생과 '나'의 마음의 최고 권위자는 결국 나 자신이다. 우리는 종종 이 사실을 잊고 다른 사람에게 도움을 요청하곤 한다. 자기 안에 갇혔다면 바깥의 시선이 필요할 수도 있으니 당연히 도움을 요청할 수 있다. 그렇지만 남들의 도움은 어디까지나 도움일 뿐이다. 내 인생의 골잡이는 나 자신이다. 아무리 옆에서 어시스트를 잘해줘도 골을 넣는 것은 나에게 달려 있다. 그러니 마음이 힘들 때는 스스로 마음을 잘 들여다보는 것이 가장 중요하다.

나의 외로움은 정확히 어디서부터 부는 바람일까? 집이 추운데는 보일러가 고장 났거나, 옷을 너무 얇게 입고 있거나, 웃풍이 너무 심하거나 하는 등 다양한 이유가 있을 수 있다. 나의 외로움도 아마 단 하나의 이유 때문만은 아닐 것이다. 그렇지만 그중 가장 큰 원인을 발견하는 일은 중요하다. 주요 원인을 제거하면 보통은 크게 나아질 수 있다.

지금 외롭고, 쓸쓸하고, 혼자라고 느껴지는 이유는 무엇인가? 동료들 사이에 잘 섞이지 못한다고 느낀다거나, 손에 남는 돈이 없어서 허무하다거나, 오랫동안 스킨십이 없었다거나, 이유는 참 다양할 것이다. 외로움이라는 증상에 하나씩, 하나씩, 이름표를 붙여보자. 그러다 보면 막막하고 답이 없어 보였던 외로움도 조금씩 공략 가능한 틈새가 드러난다.

외로움을 환기시키다

오롯이 혼자 있음. 그게 꼭 나쁜 것만은 아니다. 사람들에 부대끼고 치일 때는 혼자 있는 시간을 갖기를 소망하기도 한다. 사실 혼자 있다고 해서 진정으로 '홀로 존재'하게 되는 것도 아니다. 나는 항상 나의 기대, 미래, 의무, 추억 같은 많은 생각과 함께 있다. 이런 것들은 나를 포함한 다른 모든 것과 부대끼면서 만들어지기도 한다.

그렇지만 그런 마음이 내 안에만 갇혀 있다고 느낀다면 답답함과 소외감은 이루 말할 수 없이 무겁게 어깨를 짓누를 것이다.

내 안의 여러 감정을 자주 덜어내고 털어주어야 다른 감정을 넣을 수 있는 공간이 생기고, 내 마음도 활기차게 움직일 수 있다. 고인 물은 썩기 마련이다. 그래서 우리는 내 안에 갇히지 않기 위해서라도 삶의 속살들을 누군가와 함께 나누고 싶어 한다. 그런데 그게 잘 안 될 때 답답하고 외로운 것이다.

외로움은 피로가 쌓이는 것과 비슷하다. 살아가는 한 외로움을 아주 없앨 수는 없다. 혼자 왔다 혼자 가는 인생이기에 인생에서 '외'라는 글자는 떼려야 뗄 수가 없다. 그렇지만 휴식을 취하며 피로를 털어내지 않으면 면역력이 떨어지고, 면역력이 떨어지면 작은 병도 오래 앓게 된다. 일상에서 느끼는 사소하고 당연한 외로움도 마찬가지다. 가끔 털어내고 환기시켜줄 필요가 있다. "아, 내가 꼭 혼자 있는 것만은 아니구나."를 실감하는 순간들이 필요하다는 것이다.

그래서 우리는 자연스럽게 다른 사람과 함께하는 순간을 찾아다닌다. 그런데 외로움이 쌓이지 않고 흘러가도록 하는 '함께 있음'은 양보다 질이 더 중요하다. 우리는 그저 같은 시간과 같은 공간에 나란히 자리하고 있는 것 이상의 일들을 원한다. 처음에는 아니어도 곧 그 이상을 바라게 된다. 그저 같은 공간에 있기만 하면 된다면 이토록 복잡하고 인구밀도가 높은 현대사회에서 외로움을 왜 느끼겠는가? 식당, 영화관, 쇼핑몰 등을 보면 오히려 혼자 있기가 더 어렵다. 그런데 같은 공간에 있는 것만으로는 충족이 안 되니까 계속 외로움을 느끼는 것이다.

그냥 같은 장소에 있는 것 말고, 육체의 접촉이든 생각의 교류든 감정을 공감하는 것이든 우리는 단지 '나란히'를 넘어선 '연결'과 '함께'라는 것을 체험하고 싶어 한다. 이틀에 걸쳐 한 병씩 소주를 마시는 것과 하룻밤에 소주 두 병을 연거푸 마시는 것이 전혀 다른 일인 것처럼, 전체는 단지 부분들의 총합이 아니다. 그러니 어떤 종류의 외로움은 그저 많은 사람을 자주 만나는 것만으로는 충족되지 않는다. 많은 시간을 함께하지 않아도 질적으로 충실한 연결을 느끼는 것이 필요하다.

그저 혼자 있는 것과 다를 바 없는 나란함이 아니라 함께 연결되어 있다는 사실을 짜릿하게 곧바로 알아차릴 수 있는 가장 직접적인 방법이 연애 아닐까? 연애는 다른 사람과는 쉽게 나눌 수 없는 나의 가장 내밀한 부분을 속속들이 보여주는 '함께'니까 말이다.

연애가 힘들다 외로워서

사랑을 원하면 원할수록, 외로워하면 외로워할수록 오히려 연애하기 더욱 힘들어지기도 한다. 외로움이 연애의 적이 된다는 말이다. 이게 무슨 말일까? 외로워서 연애 좀 하겠다는데 외로워서 연애를 못하게 되다니. 그런데 실제로 그렇다. 마음이 너무 앞선 나머지 현실에서는 자꾸만 발이 꼬이고, 나중에는 그런 내 모습에 덜컥 겁이 나서 아예 옴짝달싹하지 못하기도 한다.

당신이 꿈꾸던 달콤하고 애절한 멜로드라마 같은 연애가 아니라, 밤마다 창피함에 이불을 걷어차는 시트콤같이 서투른 연애를 해도 괜찮다. 오히려 희망적이다. 얼굴이 새빨개지고 도리질치며 떨쳐버리고 싶은 서투름은 외로움이 당신을 통째로 삼켜버리지 않았다는 증거다.

물론 사람에 따라 필요한 시간이나 경험은 다르지만, 연애에서 첫술에 배부를 수는 없지 않은가. 이상한 사람만 줄줄이 만나게 되더라도 그건 당신 탓이 아니다. 세상의 일이란 종종 그런 식으로 벌어지기도 한다. 다만 서투른 행동이나 실제 관계에 비해 지나치게 앞서 나가는 마음이 문제가 될 때는 몸과 마음의 속도를 맞추는 일이 중요하다는 사실을 잊으면 안 된다.

그래도 몸과 마음의 속도를 맞추는 일은 그나마 나은 과제일 것이다. "정말 외로워서 못 해먹겠다!"라고 외치고 싶을 만큼 깊고 독한 외로움도 있다. 이렇게 깊고 지나친 외로움은 악성종양이 될 수 있다. 외로움이 너무 커지면 숨구멍을 찾지 못해 질식할 것 같은 나머지 다른 사람을 원망하게 되기도 한다. 너무 힘들면 행복해 '보이는' 다른 사람들이 미워지기도 하는 것을 떠올려보면 이해하기 쉬울 것이다.

남들은 다 가지고 있는데 나만 가지고 있지 않다는 감정에 시달리게 되니 괴로울 수밖에 없다. 그리고 그 감정이 더 깊어지면 원래부터 당연히 가지고 있어야 할 것을 빼앗긴 기분이 들어서 외로움과 괴로움이 분노로 바뀌게 된다. 사탕을 빼앗긴 어린아이가 세상이 떠나갈 듯이 울어대고 화를 내는 것처럼 말이다.

한편 원망과 미움이 반드시 타인에 대한 시기나 질투라는 모습으로만 드러나지는 않는다. 체념, 포기, 슬픔, 서러움, 아무것도 바라지 않게 되는 것, 마치 이 순간이 인생의 전부인 것처럼 규정해버리는 것, 그러다 점점 가족이나 친구와도 멀어지고 마침내 아무런 감정도 느끼지 못하는 마음…. 이런 것들이 당신을 좀먹는 악성 외로움의 또 다른 모습이다. 자기 자신을 제대로 돌보지 않고 자기를 포기하는 것 역시 분노와 원망의 또 다른 표현이다.

사막에 버려진 요정 지니 이야기는 악성 외로움이 우리를 어떻게 변화시키는지 보여준다. 조금씩 이야기가 다르지만 대략 이런 줄거리다. 사막을 지나던 나그네가 뚜껑이 닫힌 빈 병을 발견했다. 병뚜껑을 열었더니 그 속에서 요정 지니가 나타나 나그네에게 말한다. "너는 천 년 동안 이 병 속에 갇혀 살던 나를 구해주었다." 보통 요정을 만나면 소원 3개 정도는 들어주는데, 천 년이나 갇혀 있던 요정을 구해주었으니 나그네는 엄청난 행운을 거머쥔 것이다. 그런데 지니는 자신의 은인인 나그네를 죽여버린다.

그리고 지니는 이렇게 말한다. "처음 백 년 동안, 나는 나를 구해주는 사람에게 감사의 인사를 하려 했다. 다음 백 년 동안, 나는 나를 구해주는 사람의 소원은 무엇이든 들어주리라 결심했다. 그 다음 백 년 동안, 나는 나를 구해주는 이를 죽이겠다고 다짐했다."

이처럼 지나친 외로움에 지친 마음은 때로 분노로 변하기도 한다. 마음이 흐르지 못하고 한곳에 머물러 있기 때문이다. 고인 물은 썩는다는 말처럼 외로움은 때로 나와 다른 사람이 함께하지 못하도록 썩은 물로 나를 이끌기도 한다.

그래서 에리히 프롬은 당신이 누군가를 만나서 정신을 놓거나 얼이 빠져버리는 건 그 사람이 당신의 천생연분이나 유일한 사랑이어서가 아니라고 한다. 아무리 열렬해도 그게 사랑의 증거는 될 수 없다. 그저 당신이 지금까지 얼마나 외로웠는지를 알려주는 증거일 뿐이다. 지나쳐서 독이 되어버린 외로움은 가슴을 차갑게 얼려버리거나 눈을 멀게 만든다. 곁에 있지만 '함께' 교류할 수 없는 함정에 빠지게 되는 것이다.

★
★

외로움은 내가 아니다

외로움에 몸부림치는 사람들에게 이 말을 해주고 싶다. 많은 철학자들이 고통을 다룰 때 하는 말이다. "아프다고 해도 당신이 고통 그 자체는 아니다." 치통 때문에 너무 아파도 '나'라는 사람이 곧 치통은 아닌 것처럼, 외롭다고 해도 당신이 그 지독한 외로움 자체는 아니다.

자신을 외로움에 전부 내주고 외로움 그 자체가 되어버린다면 당신이 느끼는 외로움과 깊은 고립감, 이해받지 못하는 기분, 체념과 무력감 등을 당신을 마주하는 다른 사람들이 겪게 될 것이다. 당신이 느끼는 고통만큼 다른 사람에게 고통을 주게 된다.

예를 들어 내가 원하는 방식으로 나를 대하지 못하는 사람들에게 화를 내고, 그들과의 대화를 거부하고, 타인에게 계속해서 비난의 신호를 보내는 것이다. 분노를 표현하거나 선을 긋는 방식으로는 외로움을 해소할 수 없다. 그렇게라도 외로움을 알아달라고 외치고 싶겠지만, 다른 사람들은 당신의 외로움의 깊이와 고통을 알기도 전에 상처받고 멀어진다.

우리가 고칠 수 없는 만성적인 통증에 대항하는 방법은 사실 단 한 가지다. 고통에 나를 전부 내어주지 않고, 이 아픔이 사라지지는 않아도 그것이 나의 전부일 수는 없다는 사실을 끊임없이 되뇌는 것이다. 치통 때문에 너무 아프다고 해서 치통이 나를 찌르는 것과 똑같은 방식으로 남을 찌르는 것이 아니라, 지독한 아픔에도 불구하고 '치통을 앓는 나'로 살아가려고 노력하면 된다. 그렇게 나로서, 사람으로서 최소한의 품위를 지키는 길을 걸어가는 것이 중요하다.

철학자 칼 야스퍼스는 "고통은 나에게 낯선 것이지만 또한 나에게 속한 것이고, 수동적으로 인내해야 하며, 조화의 평온을 얻지도 못하지만 어두운 몰이해로 인한 분노로 퇴락하지도 말아야 한다."라고 말했다. 사람들은 자신을 괴롭히는 것과는 도저히 친해질 수 없다. 익숙해진다고 하지만 말뿐이고 실은 익숙해지지도 않는다. 마음대로 벗어던지고 싶지만 그조차 쉽지 않다. 그렇지만 그런 비루한 외로움이 당신의 전부는 아니다. 외로움은 당신에게 붙은 부분적인 성질일 뿐이다.

이제는 외로움의 그림자가 너무 짙어서 놓치고 있는 당신의 다른 부분들을 돌아볼 때다. 외로움이 당신을 부를 때, 그때가 당신이 스스로를 돌보아야 할 시간이다.

당신을 응원한다. 당신이 외로움이라는 고래 배 속에서 나올 수 있기를, 오래 머물지 않기를.

★
★
★

생일과 연애는 쿨하게

어른의 조건,

어린 시절과 달리, 요즘은 생일에 참 무감해졌다. 어린 시절의 생일은 색이 선명했는데, 어른이 된 후의 생일은 세련되지만 단조로운 흑백사진 같다. 때로는 생일이 다가오면 더 우울해지거나 쓸쓸함을 느끼기도 한다. 사람들과 모여 시끌벅적 파티를 하는 순간조차도 어린 시절만큼 마냥 발랄하게 기뻐하지 못한다.

얼마 전 생일을 맞은 친구가 푸념처럼 한탄 섞인 목소리로 말했다. "요즘은 생일이 오는 게 더 싫더라. 나이만 먹는 것 같아서…." 언젠가부터 생일은 그다지 대단하거나 특별하지도 않은 날이 되었다. 특별하지 않은 기분을 어른스럽게 받아들이면 될 텐데, 특별히 더 쓸쓸해지니 어쩌면 좋을까? 아무래도 나이를 먹는 일을 실감한다는 것이 그리 즐겁지만은 않다.

생일에만 무감한 어른이라면 쿨해 보일 텐데, 그 무감함이 삶 전체에 바이러스처럼 퍼져서 연인 관계에나 연애 감정에도 무감해진다. 지금 곁에 있거나 이제껏 맺어온 관계를 제외하고는 큰 관심이 없는 삶, 그마저도 다른 업무를 다 처리하고 시간이 남으면 그제서야 연락하거나 연락이 오는 것만 겨우 받는 삶, 때로는 오는 연락조차 받지 못하는 날들이 이어지는 삶. 그런 삶은 쿨하기보다는 건조하다고 하는 편이 더 적절한 듯하다.

먹고살기 바빠서 그런다고? 당연하다. 간도 쓸개도 내어놓고, 더 빨리 구르고 더 빠르게 쫓아오라고 압박하는 사회에서 살고 있는 우리니까. 원래 있던 관계도 피곤해서 유지하기 힘든데 새로운 관계에 힘을 쏟아부을 에너지가 어디 있겠는가. 어쩌면 생일에 무감해지는 것도 먹고사는 일이 너무 힘들고 피곤해서일 수도 있다.

이제 우리는 나를 좋아하지 않는 사람에게 애써 매달리지도 않고, 소위 어장관리하는 사람에게 넘어가지도 않는다. 그런 노닥거림도 아주 나쁜 건 아니라서 가끔은 맞장구를 치고 함께 시시덕

거리기도 하지만 그뿐이다. 어리석게 그런 관계에서 사랑을 바라며 삽질하지는 않는다.

내 발등 내가 찍을 일은 피할 줄 알고, 나와 어울릴 법한 사람을 알아보는 눈도 조금은 생겼다. 어떤 사람이 나에게 관심이 있는지, 지금은 어느 정도 단계인지, 마음의 방아쇠를 당기는 행동이나 말은 무엇인지도 안다. 내가 뭐 대단한 연애의 고수라서 그렇다기보다는 그냥 나 자신이 어떤 사람인지, 사람이란 어떤 식으로 생각하고 행동하는 동물인지 조금쯤은 알게 되었기 때문이다. 다행히 나이를 헛먹은 것은 아니어서 마음의 상처와 삽질이라는 수업료를 낸 대신, 최소한 연애에서만큼은 예전보다 현명해진 것 같아 뿌듯할 때도 있다.

하지만 처음 연애할 때 설렘과 기대는 이제 저만치 멀게만 느껴진다. 기대를 덜하니 마음이 가벼워지고, 그동안 쌓인 경험치 덕에 관계가 발전하는 흐름을 볼 수 있어서 누군가를 만나는 일이 처음처럼 어렵지는 않다. 그래도 곁에 누군가 없는 것은 허전해서 그리 길지도, 그리 무겁지도 않은 연애를 반복하거나 때로는 솔로를 '선택'하기도 한다. 무심해지고 기대하지 않으면 애쓸 일도 없고 상처받을 일도 없을 테니까. 겉보기에는 참 능숙한 것 같고, 불필요한 에너지 소모도 없다. 그렇다면 우리, 정말 어른이 된 걸까?

연애의
외로움

★
★
★

이별에 익숙해지는

본래 이별로 시작하는,

누군가 그랬다. 정말로 쿨한 사람은 없다고. 다들 쿨한 척하는 거라고. 우리는 왜 특별할 것 없는 우리의 삶에 '생일'이나 '연애'처럼 특별한 이름을 달고 찾아오는 이벤트를 반기기는커녕 오히려 덤덤해지고, 나아가 무시하려 하는 걸까?

"또 하루 멀어져 간다, 내뿜은 담배 연기처럼. 점점 더 멀어져 간다, 머물러 있는 청춘인 줄 알았는데." 김광석의 〈서른 즈음에〉라는 노래의 가사를 이제는 음미할 수 있을 것도 같다. 어른이 된다는 것은 성숙하고 성장하는 일이기도 하지만, 빛나던 꿈들을 떠나보낸 것도 아닌데 매일 이별하며 살아가는 일이기도 하다. 그리고 그런 일들에 점차 익숙해지고, 어쩔 수 없음을 받아들이는 일이기도 하고 말이다. 그러니 어른은 덤덤하고 무심해질 수밖에.

생일은 지금의 내가 있을 수 있었던 출발을 기념하고, 지금까지 수고한 나를 토닥이며 그간의 성취를 축하하는 자리이기도 하지만, 나의 오래된 포기와 체념, 가지 못한 길을 떠올리게 되는 날이기도 하다. 게다가 그것은 나만 그런 것도 아니니, 생일이라고 유난 떠는 일은 유치하고 그래서 부끄러운 일처럼 생각된다. 어른답지 못하고 철들지 않은 행동 같고, 심하게 표현하면 다른 사람들도 마찬가지라는 사실을 염두에 두지 않고 나만 내세우는 것처럼 여겨진다.

사실 인생은 서른 즈음이 되어서야 비로소 매일 이별하고 어릴 적 꿈과 사랑을 떠나보내는 것이 아니라, 애초부터 헤어짐으로 시작한다. 아프고, 힘들고, 눈물이 나고, 내 몸 어딘가가 떨어져나간 것 같고, 꿈에서도 생각해본 적이 없는 현실과 마주해야 하는 이별, 우리가 나면서부터 겪는 일이 바로 그런 이별이다.

출생 혹은 출산이라는 사건을 통해 나는 세상 밖으로 나온다. 잠을 자는 일조차 혼자서는 쉽지 않아서 학습이 필요한 삶이 바로 출생 이후, 인간 세상의 삶이다. 나는 갑자기 모든 것을 처음부터 배우고, 다른 사람에게 의지해야 하며, 그래서 눈치도 봐야 하는 가난하고 부족한 존재가 되어버렸다. 그것도 도무지 내 뜻대로 돌아가지 않는 차갑고 거칠고 아무나 불쑥불쑥 내 삶에 침입할 수 있는 세상에서.

그래서 '해피 버스데이happy birthday'는 사실 서글픈 헤어짐의 날이기도 하다. 바로 지금 내가 딛고 있는 '이 세계'와 만난 날이고, 그 만남에서 일어난 일들을 기념하고 축하하는 날이지만, 동시에 떠나올 수밖에 없었던 나만의 '그 세계'와 이별한 일을 되새기는 날이니까. 나만의 그 세계는 완벽했고 그 안에서 나는 완전했지만, 이제 결코 돌아갈 수가 없다.

그러고 보면 그동안 우리들은 엄청 애쓰며 이 세계에 적응해온 셈이다. 그러니까 조금쯤은 더 지금까지의 노고를 치하하는 날이어도 좋지 않을까, 아무리 어른의 생일이라고 해도.

★
★

사랑도 없어라
헤어짐 없이는

탄생과 그 후 인생이 완벽한 세계에서 쫓겨나 귀양살이를 하는 것이라는 서글픈 해석은 철학자 플라톤이 살던 고대 그리스 때부터 있었다. 플라톤이 그 이야기를 신화라고 표현한 것을 보면 더 예전부터 많은 사람들이 그런 생각을 했었나 보다. 뮤지컬로도 유명한 영화 〈헤드윅〉에 나오는 〈사랑의 기원the origin of love〉의 노랫말에 플라톤도 이야기했던 바로 그 신화가 등장한다.

태초에 인간은 머리 둘, 팔 넷, 다리 넷을 가진 존재였다. 지금으로 치면 사람 둘이 붙어 있는 모양새가 원래 인간의 모습인 셈이다. 등을 마주 대고 붙어 있는 것이 아니라, 정말 한 몸처럼 앞쪽을 마주하고 혼연일체로 붙어 있었다고 한다. 그래서 공처럼 굴러 갈 수 있었다. 공은 일종의 원circle인데, 원의 특징은 어디 하나 모난 구석 없이 중심에서 바깥까지의 거리가 모두 동일한 하나의 닫힌 세계라는 점이다. 당시의 인간도 마치 원과 같아서 모자라고 빠지는 부분이 없었고 자기 자신만으로 충분했다.

그래서 태초의 인간은 신을 우습게 여기며 오만하게 굴었다고 한다. 신들의 왕인 제우스는 그런 인간에게 너무 화가 난 나머지, 벌을 내려 본때를 보여주기로 하고 번개를 내리쳐서 사람을 반으로 쪼개버렸다. 그래서 인간은 지금과 같은 모습이 되었고, 언제나 자신의 잃어버린 반쪽을 찾아다니게 되었다는 것이다.

흔히 연인을 구하는 모습을 '반쪽 찾기'라고 말한다. 신화에 따르면 원래 하나였던 우리가 둘로 쪼개져 반쪽이 되었으니 참 절묘하게 어울리는 표현이 아닐 수 없다. 우리는 지금 이 상태로는 완전할 수 없고, 잃어버린 반쪽을 만나 둘이 하나가 되어야 완전하다. 그만큼 우리는 불완전하고 부족한 존재라는 뜻이기도 하고, 언제나 무엇인가를 잃어버린 존재라는 의미이기도 하다.

잃어버리지 않았다면 다시 찾으려 애쓸 필요도 없다. 나를 멀쩡하게 되돌려줄 나만의 반쪽을 찾으려 애쓰는 일, 사랑은 여기에서 시작된다. 우리는 모두 헤어지지 않으려고 기를 쓰지만, 애초에 우리가 무엇과도 헤어지지 않은 온전한 상태였다면 연인을 찾으려 이렇게 애를 쓰지도 않았을 것이다. 그리고 내가 얼마나 보잘것없는 존재인지 알 수도 없었을 것이다.

그러니까 우리들의 사랑은 이별에서 시작되는 셈이다. 우리의 삶 역시 이별과 추방으로 시작된 것처럼 말이다. 우리는 돌아갈 수 없는 완전한 세계를 그리워하며, 어딘가에 있을 나의 반쪽을 그리워하면서 살아가는 중이다.

무라카미 하루키의 소설 『상실의 시대』에서 가장 두드러지는 상실은 주인공 청년 와타나베와 나오코라는 여성이 함께 알고 있던 친구의 죽음이다. 단지 그뿐만 아니라 『상실의 시대』는 우리의 사랑·청춘·신념의 상실에 관한 이야기이기도 하다. 하지만 플라톤이나 에리히 프롬 식으로 말하자면, 아니 우리가 완전하지 않다는 점을 받아들인다면, 우리의 인생은 처음부터 끝까지 상실의 시대 안에 있는 것과 같다. 우리가 살고 있는 곳이 지구이기 때문에 우리는 언제까지나 지구인이듯이, 우리는 이미 상실이라는 세계 안에 살고 있어서 그로부터 벗어나려야 벗어날 수가 없다. 이 세계에 태어난 이상 완전한 안정을 바랄 수는 없다.

엄마와 태아의 완벽한 세계 이야기는 사실 에리히 프롬의 설명 방식이다. 에리히 프롬은 인간이 이미 세계와 하나가 되어 살았던 경험이 있기 때문에, 현실 세계에서는 언제나 부족하고 어쩔 수 없는 불안을 느낄 수밖에 없다고 한다. 원래는 떨어져 있지 않았는데 지금은 떨어져 있으니까. 하지만 엄마 배 속으로 다시 돌아갈 수는 없는 노릇이다. 그렇다면 우리는 계속해서 불안하고 어색하고 불편하고 긴장한 채로 살아갈 수밖에 없을까? 이별을 곱씹으면서, 혹은 이 세상에서는 불가능한 유토피아나 꿈꾸면서?

플라톤과 프롬은 그렇게 비관적이지 않다. 가장 희망적인 것은 나 하나로는 충분하지 않다는 사실을 우리가 이미 알고 있어서 누가 시키지 않아도 저절로 나머지 반쪽을 찾아다닌다는 것이다. 한 번이라도 맛있는 식사를 한 후에는, 모든 식사의 비교 기준이 맛있었던 바로 그 식사가 되는 것처럼.

우리가 찾는 세계는 헤어진 채 홀로 남겨지지 않는 세계다. 너와 내가 모자라지도 넘치지도 않게 감싸 안아, 편안하게 함께 사는 세계다. 당연히 그런 세계는 나 혼자로는 닿을 수가 없고, 반쪽짜리인 너와 내가 만나서 함께해야 겨우 넘볼 수 있다. 그러니까 우리는 많은 경험을 거친 뒤에도 연애라는 사건에 덤덤해질 수 없다. 상실감에 익숙해지기는 해도, 편안해질 수는 없기 마련이다.

게다가 우리의 삶은 나머지 반쪽을 찾기 위한 여행이다. 언제나 찾고 또 찾고 바라고 기뻐하며 실망하는 일을 반복할 수밖에 없다. 나이가 어리든 많든 다르지 않다. 사랑은 인생의 숙제와 같아서 결코 부끄러워할 일도, 피할 수 있는 일도, 무감각해질 수 있는 일도 아니다.

플라톤과 프롬에 따르면 우리는 사랑을 찾을 수밖에 없는 존재이고, 사랑은 우리가 완전해지는 가장 손쉬운 입구다. 완전이라는 말은 조금 부담스러우니까 이별도 슬픔도 없는 곳으로 되돌아가는 길이라고 할까? 두려움 없이 아늑하고 편안한 곳, 다른 무엇이 더 이상 필요치 않은 곳으로 말이다. 비록 성공은 장담할 수 없고 완전을 향해 가는 유일한 방법도 아니지만, 완전해지기 위한 가장 쉬운 길이 사랑이다. 우리는 누가 가르쳐주지 않아도 상대를 그리워하고 애틋해하면서 이미 그 길에 발을 내디뎠다.

★
★

외로움 억누르기,
외로움 받아들이기

우리는 어른이 될수록 외로움에 덤덤해져야 한다고 배우고 또 그렇게 믿는다. 남들도 다 외롭다는 사실을 알든지, 남들은 외롭지 않다고 믿든지 결론은 같다. 우리는 남들에게 유치하고 미숙해 보이기 싫어서, 초라해 보이기 싫어서 남들의 눈은 물론 나 자신까지도 속이곤 한다. 나는 전혀 외롭지 않다고, 아니 외로움은 너무나 당연한 거니 나는 괜찮다고.

연애를 하면서도 마찬가지다. 어차피 연애가 모든 것을 해결해주지 않고, 연애를 한다고 해서 외로움이 완벽히 사라지는 것도 아니다. 지나친 기대와 환상은 서로를 힘들게 하고, 너무 아픈 사랑은 사랑이 아니기도 하다는 사실을 이미 잘 알고 있다. 그래서 일찌감치 연애에 대한 기대나 환상도 접고, 만나고 헤어지는 일에 덤덤해졌다고 믿는 사람도 있다.

그런 사람은 적당히 만나고 적당히 헤어질 수 있을 만큼, 피곤하지 않을 만큼만, 순간의 외로움을 잠시 잊을 정도로만 바란다. 애초에 가질 수 없는 것은 저 멀리 치워버리는 쪽이 편하기 때문이다. 아니면 영 신통치도 않은 연애 그까짓 거에 시간과 열정과 온 마음을 바치느니, 취미에 애정을 쏟거나 혼자 노후를 설계하는 일에 골몰하는 편이 더 낫다고 생각한다.

플라톤과 프롬이 말하는 소설 같은 이야기들은 일종의 비유다. 중요한 것은 그 비유가 찌르는 핵심이다. 그들의 이야기는 우리의 외롭고 가난한 마음이 아주 당연하다는 사실을 알려준다. 미숙함, 초라함, 부족함, 어색함, 불편함, 불안함… 이 모든 아쉬움은 사람이라면 누구나 갖고 있고 느낄 수밖에 없다. 내가 여기에 있다는 것, 이 세상에 태어나 한 명의 사람으로 살아간다는 것은 이미 불완전한 세계에 불완전한 존재로 머무른다는 뜻이니 말이다.

그래서 산다는 건 어렵고 불편하며, 뭔가 조금씩 알아가는 과정이라고 생각하지만 정작 중요한 것은 좀처럼 깨닫지 못한다. 사람들은 대개 탄생은 기쁘고 죽음은 슬프다고 생각하지만, 태어났기 때문에 겪을 수밖에 없는 일들을 생각하면 꼭 그렇다고만 할 수도 없는 것 같다.

나의 몸과 마음을 가지고 살아간다는 것은 다른 누구도 아닌 나 혼자 살아간다는 것이다. 또한 살아간다는 것은 혼자 죽어가는 일이며, 혼자라는 불완전함을 감당하는 일이라서 우리는 모두 외롭다. 나를 포함한 모든 사람들이 외로움이나 고독함을 느낀다. 그저 우리는 모두 '혼자' 태어나 '혼자' 살아가고 또 죽어간다. '외로우니까 사람'이라는 말도 있지 않은가.

당신이 누구든, 어떤 연애를 하고 있든 상관없다. 다만 자신이 외로운 사람이라는 것을 받아들이고, 상대방도 외롭다는 것을 받아들여주길 바란다. 이미 외로움을 받아들이고, 쿨한 연애를 즐길 수 있다고 생각하는가? 그럼 하나만 생각해보자. 정말 상실 없는 완전한 사랑은 없으며 우리는 모두 이별에서 태어나 이별로 사라진다는 사실을 제대로 알고 있는지. 인생에서 떼려야 뗄 수 없는 외로움을 '어른처럼' 현명하게 받아들인 것이 아니라, 해결이 불가능하다는 사실을 똑바로 바라보고 싶지 않아서, 일찌감치 "원래 그런 건 없잖아."라며 도피해버린 것은 아닌지.

반아들이는 일

늘 당신을 찾고 있음을

완벽하지 못한 우리가 완벽하지 못한 세계를 살려니 고되고, 삶의 무게는 꽤 버겁다. 아무리 잘나가고 아무리 잘 차려 입어도 어느 순간 불쑥 찾아드는 허탈감이 있다. 외로움은 나만의 잘못이거나 병이 아니고, 부끄러운 일도 아니다. 그리고 내 멋대로 멈출 수 있는 일도 아니다. 그러니 너무 숨기려 하지 말고, 너무 무감해지지도 말자. 선을 긋는다고 진짜로 선이 그어지는 것은 아니다. 포기한다고 진짜로 포기가 되는 것도 아니다.

'가끔은 하느님도 외로워서 눈물을 흘리신'다고 한다. 정호승

연애의
외로움

시인의 시 '수선화에게'가 들려주는 이야기다. '살아간다는 것은 외로움을 견디는 일'이고, '새들이 나뭇가지에 앉아 있는 것도 외로움 때문'이다. 심지어 '산 그림자도 외로워서' 마을로 내려온다. 그러니까 외로움 앞에서 너무 강해질 필요는 없다. 외롭다는 건 살아 있다는 말이다.

외로움을 받아들이는 일은 외로움을 없는 셈 치는 것이 아니다. 창피하다고 억지로 참는 것과도 다르다. 어쩌면 우리는 덤덤함과 억누름의 차이를 잘 모르는 것 같다. 자연스러운 것은 참지 말자. 배 아프면 화장실을 가야지 참아봤자 어쩌겠는가. 외로움도 자연스러운 일이다. 우리는 하루아침에 불완전한 세계로 툭 떨어졌으니까. 그러니 외로움을 느낀다거나, 세상에 나 혼자만 있는 것 같다거나, 내가 너무 부족한 사람 같다는 말은 꺼내어놓기 민망해 말 안 하고 넘길 수는 있어도 내리 눌러서 참을 일은 아닌 것이다.

진짜 덤덤해지는 것, 어른스러워지는 일은 나만 외로운 것이 아니라는 사실을 아는 것에 그치지 않는다. 어른이 된다는 건 어딘가에 있을지 모르는 사랑을 찾는 일이 자연스럽다는 사실을 받아들이는 것이다. 마음이 한결같이 잔잔할 수 없다. 때로는 기쁨으로, 때로는 분노로, 때로는 슬픔으로 번갈아 요동치는 일을 받아들이고, 그 흐름에 나를 열어두어야 한다.

　받아들인다는 건 그런 것이다. 닫아버리는 게 아니라 열어두고 바라보는 일이다. 그래서 "어차피 인간은 다 외로운 거야."라는 말로 모든 것을 뭉뚱그리며 묻어버리는 것이 아니라, 다 같은 외로움이라도 꼭 똑같지만은 않음을 아는 일이다. 다른 사람들에게 연민이나 동료 의식을 느끼면서 헤아릴 줄도 알고, 나와 다른 방식으로 드러내고 애를 쓰는 다른 사람의 외로움에 너그러워지는 일이기도 하다.

　우리는 불완전한 세계에서 살고 있는 반쪽짜리들이다. '내 마음은 여기까지이니 더 이상은 침범하지 않으면 좋겠다.'고 선을 긋는 행동은 어른스럽지도 않고, 사람의 자연스러운 모습도 아니다. 연애가 매끈하기만 할 수는 없다. 연애는 내게 만족을 줄 뿐만 아니라, 서로의 결핍이 무엇이며 어디에 있는지를 비추는 거울이기도 하기 때문이다.

　나 혼자로도 모든 것을 다 갖출 수 없다는 점을 정말로 알고 있다면, 자기 안에 틀어박혀 있을 수는 없을 것이다. 외로움이란 직계 가족이나 혈연관계와 같다. 가족을 받아들인다는 건 다른 사람과의 관계를 끊는 것이 아니라 다른 사람과 함께 어울리는 것이 아닐까? 때로는 상처주고 싸우고 분노하고 인생의 짐이 더 불어날 가능성까지 포함해서.

외롭다고 해서 외로운 채로 멈춰 있을 수는 없다. 밀물과 썰물처럼, 외로움이 늘 나와 함께하는 만큼 외로움을 넘어서려는 시도 역시 늘 나와 함께할 것이다. 우리는 모두 외롭고 부족한 사람들이지만, 서로의 부족함이 만나 함께 새로운 풍경을 만들어간다. 완벽할 수는 없어도 지금과 다를 수는 있다. 나 혼자만 있던 세계에서, 너와 '함께 있는' 우리의 세계로.

· 2부 ·

연애의 두려움

연애를 하면 다 괜찮아질까?

세상에 못 믿을 3가지 거짓말이 장사꾼의 밑지고 판다는 말, 노인들의 어서 죽어야지 하는 말, 혼기를 넘긴 아가씨들의 결혼 안 한다는 말이라는 우스갯소리가 있다. 우리 시대의 거짓말을 하나 더 추가하자면 대학만 가면 다 된다는 말 아닐까? 지금은 거기서 더 나아가 "대학에 간다고 다 되는 건 아니지만 그래도 일단 가고 보자."는 쪽인 것 같다.

사람들은 그저 대학만 가면 다 괜찮아진다고 말한다. 살도 빠지고, 얼굴도 예뻐지고, 꿈이나 진로도 찾게 되고, 애인도 생길 거라고 말한다. 마치 좋은 것은 다 대학에 있는 것처럼, 대학만 들어가면 모든 일이 알아서 착착 진행되고 해결될 것처럼.

요즘은 조금 시들하지만 한때는 대학가의 꿈과 사랑, 낭만을 그린 드라마와 시트콤이 유행했다. 돌이켜보면 캠퍼스를 무대로 하는 드라마는 드라마 속 주인공 또래인 대학생이 아니라 대학에 가려고 애쓰는 고등학생을 위한 게 아니었나 싶다.

얼마 전 시험 기간에 대학 도서관에서 엘리베이터를 기다리는데, 옆에서 여학생 둘이 대화를 나누고 있었다. "난 대학 들어오면 정말 자기가 좋아하는 수업만 듣는 줄 알았어. 그리고 전공 공부만 하는 줄 알았지." 아이고, 그게 아니라는 걸 이제 알았구나.

고등학생 때는, 드라마로만 볼 때는 그런 사실을 알 수 없었을 것이다. 멋진 대학생들의 드라마는 현실에 지친 고등학생들을 달래기 위한 달콤한 거짓말 같다. 실제로 고등학교를 졸업하고 대학에 들어가거나 혹은 사회에 나와서 어땠는지 떠올려보면, 사실 바뀐 건 없었다. 모든 상황이 하루아침에 바뀌지 않으며, 별다를 것 없는 나와 비슷한 사람들이 모인 곳에 있으니까. 물론 고등학생 때와는 다른 경험을 하기는 하지만, 대학과 사회에는 나름의 제약과 규율이 있다. 상대적으로 제약이 더 많은 고등학생 때가 제일 좋았다고 하는 사람도 더러 있다.

연애도 마찬가지다. 힘들고 괴롭고 쓸쓸하고 서러울 때 누구든 나를 제일 우선으로 하는 내 편이 있었으면 좋겠다고 생각하게 된다. 그럴 때 사람들은 자연스럽게 연애를 떠올린다. 우리가 본능적으로 알고 있고, 사회적으로 배운 가장 쉬운 위로 방법은 다른 사람과의 관계에 있다. 마주 보고 함께 웃을 수 있다는 사실만으로도, 혼자가 아닌 누군가와 함께 있다는 사실만으로도 행복해지는 법이니까.

그래서 연애를 하는 커플들은 혼자인 것보다 훨씬 든든하고 행복해 보인다. 혼자인 나만 빼고 다 행복한 것처럼 느껴지기도 한다. 성냥팔이 소녀가 추운 겨울날 혼자 떨면서 창문 안쪽의 밝고 따뜻한 사람들을 바라보는 마음처럼. 그래서 연애를 하면 다 괜찮아질 거라고 나도 모르게 믿게 되나 보다. 그런데 연애를 해도 마찬가지다. 대학 간다고 갑자기 내가 캠퍼스 드라마의 주인공이 되지는 않는 것처럼, 연애한다고 해서 삶의 모든 외로움과 고독이 사라지고 행복해지는 것은 아니다.

사람이 살면서 마음 다칠 일이 얼마나 많은데, 연애한다고 그 모든 일들이 아무것도 아닌 것처럼 스르륵 녹을 수 있을까? 자기 마음에 눈이 먼 연애 초반이라면 모를까, 오히려 그놈의 연애 때문에 인생이 더 꼬이고 힘들어지기도 하는데 말이다.

우리는 유능한 사람들이 연애의 여파로 일에서 큰 실수를 하
거나 연애가 아닌 다른 관계에서조차 균형을 잃는 모습을 꽤 봐
왔다. 자기 팔자 자기가 꼰다고들 하는데, 사랑에 허우적거리느라
말도 안 되는 선택을 이어가는 사람들을 보면 정말 연애하는 게
더 문제구나, 연애가 사람을 망치는구나 싶을 때도 있다.

★
★

상실의 두려움

사랑하지 않았다면 몰랐을

"토니 다키타니의 이름은 정말로 토니 다키타니였다."로 시작하는 소설이 있다. 무라카미 하루키의 단편 「토니 다키타니」다. 내가 참 좋아하는 이 소설은 영화로도 만들어졌다. 여기서는 그 이야기의 설정만을 빌려오도록 하겠다. 하이라이트는 따로 있으니 한 번쯤 읽어보길 바란다. 토니는 정밀 묘사가 특기인 중년의 일러스트레이터다. 그리고 일본 사람이다. 영어권 이름 같지만 일본인의 이름이라고 첫 문장에서 설명해주는 것이다.

토니는 어릴 적부터 사람이나 관계에는 큰 관심이 없었다. 대신 무엇이든지 현실과 거의 똑같이 묘사하는 일러스트에 관심을 쏟아부었다. 덕분에 집도 여러 채 있고, 자산을 관리하기 위해 따로 사람을 써야 할 정도로 부자가 되었다. 나이가 꽤 들 때까지 토니는 연애에 관심이 없었다. 몇 명의 여자를 만나기도 했지만 관계는 깊게 진전되지 않았다.

그러던 어느 날, 그는 심부름을 온 다른 회사의 아르바이트 여성에게 반한다. 날아갈 듯 한 마리 새처럼 옷을 입은 여자를 만난 것도, 깊은 감정을 느낀 것도 토니는 처음이었다. 이러저러한 곡절 끝에 두 사람은 결혼하지만, 토니는 매일 아침을 공포와 두려움 속에서 맞이한다. 처음 느껴본 감정, 아내와 함께 있을 때의 즐거움과 따스함, 이전에는 겪어보지 못했던 다양한 삶의 모습들은 토니에게 축복인 동시에 그를 두렵게 만드는 요소이기도 했다. 자기가 원래 살았던 세계가 얼마나 외로운 곳이었는지 깨닫게 되었기 때문이다. 토니가 지금까지 덤덤하고 평온하게, 성공적으로 일궈왔던 삶은 이제 그에게 두렵고 무서운 곳이 되었다.

그래서 토니는 결혼한 직후 한동안은 자기 아내가 사라지지는 않을까 집 안 곳곳을 확인하고 안심하는 일을 반복한다. 내가 참좋아하는 대목 중 하나다. 어린아이가 엄마를 찾듯이 내가 모르는 세계를 알려준 당신을 찾아, 혹시나 그런 세계가 신기루처럼 사라질까 두려워하며 집 안을 헤매는 신혼의 아저씨라니. 귀엽고도 애틋하지 않은가!

당신을 알고 또 사랑하기 전에는 두려울 것이 없었다. 사랑할 사람을 만나 서로 좋아하게만 된다면 그다음부터는 그리 어렵지 않을 것 같았다. 왜냐하면 사랑할 사람을 찾는 것도, 애써 찾은 사람이 나를 사랑하는 것도 실은 정말 희박한 확률이니까. 찾기까지가 어렵지 사랑을 일단 시작하기만 하면 괜찮을 줄 알았다.

그런데 우리는 이렇게 어려운 과정을 거쳐 사랑을 하고 사랑의 기쁨을 알게 된 후에 오히려 두려움을 느낀다. 사랑이 언젠가 흐려지고 금이 가서 깨지지는 않을까 불안해진다. 지금은 나를 좋아하고 예뻐하는 연인이지만 드라마에 나오는 권태기 부부의 모습처럼 언젠가 나에게 심드렁하고 심지어 나를 미워하게 되는 것은 아닐지 두려운 것이다.

그가 더 이상 나를 사랑하지 않으면, 그의 삶에 내가 더 이상 필요하지 않게 되면 어떻게 해야 할까? 세상 사람이 70억 명이나 된다지만 내가 사랑하는 그는 단 한 명뿐인데.

사람들은 그래서 집착과 구속이라 불리는 행동을 자기도 모르게 하곤 한다. 우리는 그런 사람들을 비난하기도 하지만 공감하기도 한다. 한 번쯤 우리도 그래봤고, 그렇게 될 수밖에 없는 마음을 잘 아니까.

한편으로는 이별과 상실이 두려워서 처음부터 마음을 열지 않기도 한다. 실연의 아픔을 깊이 겪은 사람일수록 다시는 발을 담그지 않으려고 하는 경우가 많다. 다행히 다시 사랑을 얻게 되더라도 사랑의 상실에 대한 불안과 두려움은 쉽사리 사라지지 않는다.

★
★
당신에게 늘 필요한 존재이고 싶다

마음은 뜨겁다가도 식고 식었다가도 다시 타오르기 마련이다. 감정이 오르락내리락하는 동안 중심을 잡아주는 것은 결국 삶에서의 '필요'인 듯하다. 공기가 없으면 숨 쉴 수 없고 물이 없으면 살아남을 수 없는 것처럼, 누군가를 깊이 사랑하는 사람은 상대방의 인생에서 없어서는 안 될 꼭 필요한 존재가 되고 싶어 한다. 그 정도로 필요하다면 당신은 잠시 다른 세상의 냄새를 맡고 즐거워하다가도 결국은 내게로 돌아오게 될 테니까. 그래서 우리는 상대방에게 필수적인 존재가 되고 싶은가 보다.

필수적이라는 말은 꼭 필요하다는 뜻이다. 필요는 욕망을 부른다(물론 반대의 경우도 있지만). 당신에게 내가 필요하다면 당신은 나를 원하게 될 것이다. 이런 필요는 밥을 먹기 위해 숟가락이 필요하다거나 비를 막기 위해 우산이 필요한 것과는 다르다. 숟가락이나 우산은 얼마든지 다른 무엇인가로 대체할 수 있으니 부담 없는 도구다. 다 쓰고 낡으면 언제든 버릴 수 있다.

나는 그에게 꼭 필요한 존재이기를 바라지만, 늙고 병들면 버릴 수 있는 도구가 되기를 원하지는 않는다. 내가 어떤 모습이어도, 나를 좋아해주었으면 좋겠다. 누구로도 바뀌지 않고 없어지지도 않는, 마르지 않는 샘 같은 대체 불가능한 필요라면 좋겠다. 내가 그에게 바라는 '필요'는 그런 의미다. 최소한 내 마음이 바뀌기 전까지만이라도. 필요必要라는 말은 반드시 요구된다는 의미이지 않은가.

연인 사이에 가장 견디기 힘든 것 중에 하나는, 긴장감이 느슨해져서 더 이상 섹슈얼sexual한 매력을 어필하지 못하게 될 때다. 자극이 되지 않고, 섹시해 보이지도 않고, 스킨십을 하고 싶지도 않고. 그러면 자연스럽게 다른 사람의 매력에 눈을 돌리게 될 수도 있다. "난 이제 네가 가족 같아. 어떻게 가족하고 스킨십을 해."

라는 권태기 연인들의 대사가 아프게 와닿는다. 그저 호감인지, 연인으로 발전하고 싶은 마음인지 잘 모르겠다는 내용의 고민 글에 제일 많이 달리는 대답도 "그 사람이랑 스킨십이 하고 싶은지 상상해 봐. 그게 아니라면 아니야."라는 말이다.

'그냥 필요'한 정도로는 괜찮지 않다. 마르거나 식지 않을 정도로 필요하지만, 그렇다고 '이게 내 곁에 있었나?' 하며 잊고 지낼 정도가 되면 안 된다. '계속 필요하구나, 그러니 가져야겠구나, 언제나 갖고 싶다.'로 옮겨 갈 정도로 뜨겁고 자극적인 필요였으면 하는 마음인 것이다.

"당신에게 내가 늘 필요한 존재였으면 좋겠다."라는 말은 "당신에게 내가 늘 섹시했으면 좋겠다."라는 말이기도 하다. 아무리 가족처럼 가까워도 한편으로는 언제나 당신에게 섹시하고 낯선 사람이면 좋겠다. 낯선 사람은 신선하고 질리지 않는다. 그래서 내가 섹시해서 나를 사랑하고, 나를 사랑해서 내게 섹시함을 느끼기를 바란다. 상대방이 나를 계속 필요로 하고, 갖고 싶어 할 만큼 매력적이기를 바라고, 동시에 내가 어떤 모습이든지 상대방이 자발적으로 나라는 사람의 의미와 필요를 만들기를 바란다.

'지금까지 그래왔고 앞으로도 그렇듯이 언제나 필요한 것.' 이 말을 줄이면 운명 혹은 숙명이 된다. 두 단어를 굳이 구분하자면, 숙명이란 도저히 거스를 수 없는 정해진 섭리와 같은 것을 가리킬 때 사용한다. 인간으로 태어났다면 누구나 죽는 것처럼 말이다. 그에 비해 운명은 약간의 여지가 있는 것처럼 느껴진다. '너의 생의 주요 흐름은 정해졌으나, 그 흐름을 어떻게 풀어서 어떤 색깔로 채색할지는 네게 달려 있도다.'와 같은 것이다.

　　그러나 철학적으로 살펴보면 결정론은 '결국' 숙명론과 다르지 않다. 결정론이란 '어떤 조건들이 생겨나기만 하면 그다음의 일은 그 조건에 따라올 수밖에 없으므로, 우리 삶에서 벌어지는 모든 일들은 이미 정해져 있다.'는 견해다. "배가 고파요? 밥을 안 먹었으니 그럴 수밖에요." "감기에 걸렸나요? 찬바람을 오래 쐬었군요." 환경이 너무 열악했기 때문에 범죄를 저지를 수밖에 없었다는 범인의 항변도 이 영역에 속한다. 이미 조건이 갖추어져 있는데, 그 조건이란 내 의지로는 손 쓸 수 없는 과거라는 주장이다. 그래서 본인에게는 책임이 없다는 것이다.

예를 들어 우리는 시대와 장소를 골라서 태어날 수 없다. 애초에 선택할 수 없는 문제다. 선택할 수 없었고, 선택하지 않았고, 이미 정해진 대로 흘러갈 수밖에 없어서 결정된 조건에 따라 움직이는 마리오네트일 뿐이라면 어떻게 책임질 수 있겠는가?

이것이 바로 결정론을 받아들였을 때 따라오는 결과다. 나의 행동은 이전의 조건에서 비롯되었다는 견해를 엄격하게 받아들이면, 거기에 나의 자유와 책임이 들어갈 자리는 없어진다. 환경이 어려운데도 범죄를 저지르지 않은 사람도 충분히 있다는 반론도 가능하겠지만, 그 경우에도 결정론은 일관되게 자기를 변호할 수 있다. 환경이 어려운데도 범죄를 저지르지 않은 사람을 살펴보면, 그 사람은 범죄를 저지르고 싶은 유혹을 이겨낼 만큼 굳건한 마음을 가졌거나 주변의 지지가 있었다고 볼 수 있겠다.

그렇다면 굳센 마음과 지지는 어디서 올까? 결정론은 이렇게 대답한다. 굳건한 마음은 굳건한 마음을 만들 수 있을 만큼 건강한 주변 정황과 좋은 교육 환경과 타고난 성향이 있었던 것이라고. 그것 역시 내 의지로 결정한 일이 아니다.

내 몸에 있는 DNA 하나하나는 내가 정한 것이 아니다. 원인이 있고 그에 따른 결과가 있는, 규칙을 인정하는 것만으로도 내가 살아온 모든 날들은 이미 주어져 있고, 이미 정해져 있던 것이라는 결론을 내릴 수 있다. 이것이 바로 결정론을 일관적으로 유지할 때 얻을 수 있는 종착지다.

피할 수도 거스를 수도 없는, 언제나 반드시 그렇게 되는 것. 예측할 수 없는 우연과는 다른 필연의 뜻이다. 그래서 운명의 다른 이름은 숙명이고 또한 필연이다. 이미 주어진 것들이 약속된 대로 펼쳐지는 세계가 바로 필연의 세계다. 언젠가 그 필요가 사그라들까 봐 두려운가? 내가 연인에게 언제나, 어떤 모습으로든, 뜨겁게 필요한 존재면 좋겠는가?

아무리 자신감이 넘치는 사람이라도 사랑에 빠지면 안절부절 못하게 된다. 나보다 위대하고 내가 함부로 휘두를 수 없는 것이 있다는 사실을 겨우 눈치채게 되니까. 그러니 연인이 나를 원하고 필요로 하기를 바라며, 그 모든 것이 필연이기를 바랄 수밖에 없는 것이다.

그렇다면 이런 식의 필연도 괜찮은가? 연인이 나를 사랑하고 원하고 필요로 하는 것이 모두 그의 자유로운 선택이라기보다 필연이라면? 연인의 뜻인 것 같아도 그가 정말 '선택'한 일은 하나도 없고 그저 나라는 조건의 사람을 좋아하게끔 이미 결정되었다고 한다면, 그래도 "역시 우리는 천생연분이야." 하고 순수하게 기뻐할 수 있을까?

우연히 친구를 만난 것처럼 기쁘게

★
★

"나를 처음 만났기 때문에 나를 선택하는 건 아니었으면 해. 여러 사람을 두루두루 많이 만나보고, 그러고 나서 맨 마지막에 선택하는 것이 나였으면." 무라카미 류의 소설 『오디션』에 나오는 문장이다.

이 문장은 어찌 보면 사람들이 꿈꾸는 연애의 본질을 정확히 꿰뚫는 말이기도 하다. 이미 정해진 과정을 밟는 건 그 옛날에 결혼 전까지 서로 얼굴도 목소리도 모르던 정혼 같은 것이지, 가슴 설레는 연애는 아니다. 나밖에 없어서 나만 보는 것은 어쩔 수 없이 매어 있는 것이지 사랑은 아니다. 자유연애라는 생각이 널리 퍼진 요즘, 선택이 불가능한 상태라서 나를 만난 것이라면 진정한 사랑이라 하기에는 뒷맛이 그리 개운하지 않다.

그런데 만약 무엇도 우리의 선택일 수 없다면, 결국 우리에게 남는 것은 무엇일까? 그토록 심사숙고해서 고른 직업, 꿈, 친구, 애인, 머리부터 발끝까지 몸을 감싸고 있는 것들, 내가 사는 집, 커튼과 식탁, 열심히 노력해서 일구었다고 믿는 내 인생의 성취 들…. 그 무엇 하나 스스로 고른 것이 아니고 실은 정해진 길을 그 저 따라온 것뿐이라면 나의 슬픔과 기쁨과 고통과 연민과 그를 향 한 사랑이 무슨 의미가 있을까.

철저한 숙명론자였던 철학자 스피노자는 모든 것이 이미 정해 져 있음을 온전하게 이해하고 받아들이라고 말한다. 흘러가고 흩 어지는 감정들에 나를 내맡기지 말고, 스스로가 그 감정의 주인이 되라는 것이다. 모든 것이 정해져 있는데 새삼스레 주인이 필요한 가 싶기도 하지만, 일어나는 일들을 나의 몫으로 받아들이는 것과 받아들이지 않는 것의 차이는 크다. 받아들이지 않으면 언제까지 나 허우적거리며 그 일의 뒤치다꺼리를 하겠지만, 받아들이고 난 후에는 침착하게 그 일을 마주하고, 정확히 무엇이 어떻게 변하고 있는지를 확인할 수 있다.

그러나 내가 생각을 하는지 안 하는지, 잘할 수 있을지 없을지 모두 정해져 있다면 생각한다는 건 또 무슨 의미가 있을까? 하지만 우리가 '생각할 수 있다.'는 것만은 분명해 보인다. 정해져 있다고 하더라도 현재의 우리는 어떤 방식으로 정해져 있는지 모르니까, 생각하고 고민하고 괴로워하는 것이다.

설령 모든 일의 처음부터 끝까지 전부 정해져 있고 우리의 힘으로는 도저히 바꿀 수 없다고 해도, 우리는 인간이다. 인간의 한계와 무지 때문에 이미 정해진 것들조차 안개 속에 쌓인 막연한 무엇처럼 보이는 것이다. 그러니 우리는 흔들릴 수밖에 없다. 만약 생각의 힘을 양껏 발휘해 그 막연해 보이는 게 사실은 분명히 정해져 있음을 알게 된다면 우리는 불안에서 자유로워질 수 있다. 불안은 정해지지 않은 미래에 관한 마음이니까.

비록 몸뚱이 하나로 살고 있지만 하나의 몸을 넘어서 전체의 눈으로 세상을 껴안을 수 있는 힘이야말로 스피노자가 생각한 '거스를 수 없는 숙명을 살고 있는 사람들이 가질 수 있는 가장 큰 지혜'다. 스피노자는 그런 지혜를 통해 이 세상을 존재하도록 하고, 세상을 흐르게 하는 커다란 섭리에 대한 사랑이 생겨난다고 한다.

그럴 수밖에 없는 것들에 대한 이해가 깊어질수록 바랄 수 없는 것을 바라는 무익한 일은 하지 않을 테고, 왜 그렇게 될 수밖에 없는지 알아갈수록 언젠가 변해버릴 지금 이 순간이 매우 소중하게 여겨진다. 그리고 나에게 주어진 것들에 대해 겸손한 자세를 갖게 될 것이다. 우리가 서로를 직접 선택한 줄 알았지만 사랑은 우리에게 그렇게 오만한 위치를 허락하지 않았다. 우리의 마음, 우리의 만남도 모두 어디선가 얻어진 것이다. 애쓰지 않았는데 주어졌으니 그저 고마울 따름이다.

그가 나를 기꺼이 스스로 원하고 필요로 하는 게 좋은지, 아니면 그가 내게 선물처럼 주어져서 지금의 사랑이 위대한 것이라고 생각하는 게 더 좋은지는 확실히 말할 수 없다. 만약 선택할 수 있다면 나는 연인이 나를 필요로 하기를, 간절하게 나를 원해주기를 바라면서 동시에 이 모든 일이 실은 주어진 선물과 같은 것이기를 바라는 쪽을 택하겠다.

하지만 무엇을 바라고 어느 쪽을 선택하든지 우리의 마음과 사랑이 한곳에 머무를 수 없다는 사실만은 받아들여야 한다. 확실한 것은 계속 변하고 흩어지는 삶의 한가운데에 내가 있고 연인이 있다는 사실뿐이다. 흘러가는 생의 한가운데 있으니 우리 모두 고정될 수는 없다. 그러니까 너무 두려워할 필요도 없다. 두려워한다고 흘러가는 세상이 멈추지는 않는다.

참고로, 스피노자는 "내일 지구가 멸망할지라도 나는 한 그루의 사과나무를 심겠다."라는 말로 유명하지만 실제로 스피노자는 그런 말을 하지 않았다고 한다. 그러나 그 말이 거스를 수 없는 숙명 앞에서도 우리의 삶에서 충분한 의미를 찾을 수 있다는 스피노자 본래의 뜻과 어긋나는 것 같지 않다.

★
★

어차피

그토록 뜨겁던 사랑도

한국에서 흥행한 왕가위의 영화 중에 〈중경삼림〉이라는 작품이 있다. 양조위, 임청하, 금성무, 왕정문 등 쟁쟁한 스타들이 출연한 영화인데 대사가 참 유명하다. "사랑에도 유통기한이 있다면, 내 사랑의 유통기한은 만 년으로 하고 싶다." 시간도, 마음도 한정적 이라는 사실을 잘 아는 사람이 할 수 있는 최대한의 타협이자 바람이 담겨 있다. 사랑하는 이를 잊지 않겠다는 다짐이기도 한, 쓸 쓸하지만 멋진 울림이 있는 말이다.

하지만 내 생각은 다르다. 사랑에 유통기한이 있다면, 내 사랑의 유통기한은 일분일초였으면 좋겠다. 더 욕심을 부리자면 찰나였으면 좋겠다. 일분일초마다 조금씩 움직이고 있다는 사실을 우리 모두 받아들일 수 있다면 좋겠다. 그래서 가보지도 않은 영원을 입에 올리며 '항상, 언제까지나.'를 바라는 대신에 일분일초마다, 찰나의 시간마다, 매 순간 새삼스럽게 연인을 보고 느끼고, 그렇게 나를 놓아줄 수 있으면 좋겠다.

사람들은 종종 사랑은 영원한데 사람의 마음은 영원하지 않다거나, 사랑은 믿는데 네 마음은 못 믿는다고 말하기도 한다. 물론 사랑 자체를 아예 믿지 못하는 경우도 있지만, 문제는 순간적인 로맨스에만 집중하지도 못한다는 것이다. 그 씁쓸한 '어차피'가 오지 않기를, 이번 사랑이 마지막이기를 바라기 때문인지도 모른다.

어쩌면 사랑의 끝을, 불같은 로맨스의 시시한 분리수거를 두려워하는 사람들은 누구보다 사랑이 오래 지속되기를 바라는 사람일 수도 있다. 그러나 그 변함없음도 두렵기는 마찬가지다. 왜냐하면 우리는 그 변함없음이라는 것을 태어나서 단 한 번도 경험해보지 못했으니까.

그러나 사랑은 결과가 전부가 아니지 않는가. 무엇보다 과정이 중요한 것이 사랑이다. 그러니 '어차피'라는 이유로 사랑을 회피하며 진지한 관계를 꺼리는 사람은 결과가 아닌 과정에서는 의미를 발견하기 어려워하는 사람이다.

자신이 바라는 변함없는 결과가 과연 어떤 것인지 정확히 알고는 있을까? 과연 사랑이 얼마만큼 견고해야 두렵지 않을 수 있을까? 사람들은 정확히 얼마큼인지 알지도 못한 채 약속과 증명을 원한다. 그리고 그 요구를 기쁘게 받아들이고, 기꺼이 부응하는 것이 사랑의 증거가 된다.

더 큰 문제는 다른 곳에 있다. 변질되지 않는 사랑이라는 게 있을까? 사랑은 오고 또 가기 마련이다. 내가 사랑하지 않는다고 해서 이 세상에서 사랑이 소멸해버리는 건 아니다. 내 마음이 변하는 것이지, 사랑이 변하지 않는다는 말이 맞는 것도 같다. 그렇지만 이 세상에 존재하는 사랑 중에서 변함없이 똑같은 사랑을 우리가 본 적이 있던가?

플라톤은 영원한 사랑의 가능성을 믿는다. 그렇지만 일반적인 로맨스는 그 생명에 한계가 있고, 심지어 아침에 불타올랐다가 저녁에 바로 지기도 한다고 말한다. 로맨스와 진짜 사랑을 구분하기 때문이다. 우리도 "지금까지 사귄 사람은 몇 명이야?"에 대한 대답과 "그래서 지금까지 몇 명을 사랑했어?"라는 물음에 대한 대답이 같지 않다는 걸 자연스럽게 받아들인다. 심지어 여러 사람을 만나 봤지만 아직 진짜 사랑은 해보지 않은 것 같다는 대답도 가능하다.

정확하게 말하면 플라톤은 로맨스가 아니라 에로스eros와 사랑을 구분한다. 몸이 끌리고 몸을 탐하고 싶으면 에로스고, 아니면 사랑일까? 그러니까 욕정은 저급하고, 사랑은 고귀하며 순수한 걸까? 그렇다. 비슷하다. 조금 더 정교하게 말하면 플라톤은 일시적인 욕망과 영원히 진행될 사랑을 구분한다.

상대방의 어떤 매력에 눈이 멀고 그 매력을 소유하고 싶어 한다면 플라톤이 보기에 그건 사랑이라기보다 에로스에 가깝다. 없어서 갈구하게 되는 것이기 때문이다. 충족되면 더 이상 필요를 느끼지 않는다. 배고프면 위장을 채워야 할 것 같고, 채워지면 더 이상 바라지 않는 동물의 본능처럼 에로스라는 욕망도 사실 본능과 같다. 자연스럽게 불붙은 만큼 꺼지는 일도 자연스럽다. 내가 상대에게 특정한 매력을 원하고 그것이 충족된다면, 그리고 내가 그 이상의 것을 상대에게 원하지 않는다면 에로스의 불길은 당연히 꺼진다.

꽤 계산적으로 느껴지는가? 사실은 배부르면 그만 먹는다는 점보다 그 사람의 매력에 반한다는 점이 더 계산적이다. 그 사람

자체를 좋아하고 원하는 게 아니라, 내게 좋아 보이는 그 사람의 어떤 특징을 원한다는 뜻이니까. 요즘 말로 하면 그 사람의 어떤 조건을 좋아하는 셈이다. 그래서 플라톤은 에로스 단계의 호감은 쉽게 찾아오지만 또 쉽게 식을 수 있다고 한다.

권태기가 온다는 건 그런 것이다. 권태기란 어쨌거나 내가 원하던 것이 어느 정도 충족되어서 더 이상 다른 욕망을 느끼지 못하는 상태다. 혹은 저 사람은 이제 내게 더 이상 줄 수 있는 게 없다는 사실을 느끼며 매력과 매력의 교환으로 이루어지는 관계의 유통기한이 임박함을 직감하는 때다. 그러니까 조건 때문에 시작해서 조건만 탐한다면 우리는 사랑이 아니라 에로스에 머물 뿐이고, 에로스는 늘 '어차피'로 끝난다.

★
★
★

너만 나를 사랑해 준다면

조건 없이 사랑할게,

"자기, 나 정말 사랑해?" "나 왜 사랑해?" 연인 사이라면 뫼비우스의 띠처럼 반복되는 질문이다. 앞의 질문이야 그저 "그래!"라고 외치면 되는데 뒤의 질문이 조금 곤란하다. "그냥."이라고 대답하면 너무 성의가 없어 보인다. 사실 "그냥."이라는 말이 제일 맞는 말인데. 사랑의 시작은 조건이었어도, 지금까지 그 조건 때문에만 당신을 좋아하고 아끼며 앞으로도 관계가 이어지기를 바라는 것은 아니니 말이다.

영어를 공부할 때 조건절이라는 것을 배운다. '만일 ~한다면, 나는 ~할 거야.' 식의 가정이 들어간 문장이다. 조건이 있고, 그 조건 때문에 하는 행동은 노리는 바가 있는 행동이다. 노린다는 게 꼭 나쁜 뜻은 아니라 그리 순수하지 않은, 말 그대로 다른 것이 섞여 있는 행동이라는 뜻이다.

이렇게 다른 조건이나 목적을 거는 표현을 칸트는 가언명법이라고 부른다. 가정을 하고 그 가정에 따라 움직이게 됨을 의미한다. 그러니 만일 사랑이 가언으로 표현된다면 그 사랑은 온전히 사랑만을 위한 것은 아닌 셈이다. 뭔가 꿍꿍이가 있는 것이다. 그게 무엇이든 간에, 조건이 걸려 있는 건 변할 수밖에 없다.

칸트가 말하길, 조건을 걸거나 가정을 해서 앞뒤 상황 다 계산한 다음에 움직이는 게 아니라, 그냥 가슴이 시켜서 하는 일이 순수한 일이라고 한다. 가언과 반대 형식인 정언명법으로 행동을 말할 수 있을 때가 순수한 것이고, 다른 어떤 것도 섞이지 않은 상태다. 가슴이 시킨다는 말은 양심적으로 행동한다는 것과 같다.

사실 칸트는 이러한 '조건 있음 vs. 조건 없음'의 구도를 어떤 행동이 윤리적인 행동인가를 설명하기 위해 사용했다. 아무런 조건에도 구애받지 않고 양심이 시켰기 때문에 그 일을 할 때, 다시 말해 그 일을 한 후에 오는 결과를 계산하지 않을 때 하는 행동이

윤리적인 행동이다. 그런데 지금 내가 한 일이 사실은 자기합리화를 위한 변명이면서 겉으로만 양심적이라고 할 수도 있다. 따라서 그 일을 왜 하게 되었는지를 정리해서 표현했을 때, 그 표현이 가언 형식이 아니라 정언 형식인지를 살펴봐야 한다. 반대로 행동하기 전에도 같은 방식으로 자신에게 물어보면 된다.

칸트는 조건에 매이지 않는 행동, 다시 말해 특정한 조건을 갖춘 누군가를 대변하지 않고 어느 한쪽에 치우치지 않는 행동이야말로 절대적으로 선하다고 한다. 그러나 사랑은 법도, 정의도, 착한 것만도 아니지 않나. 오히려 모두에게 공평하게 잘 대해주는 사람은 최악의 연인이다.

보통의 우리에게 연애는 무조건일 수 없다. 내가 그의 성격, 외모, 지위, 센스 중 어떤 것 하나만 보고 좋아하지 않았고, 그가 지금 가지고 있는 것이 전부 변하더라도 아랑곳하지 않고 그를 사랑한다고 연애가 성립하는 건 아니다. 내가 아무리 계산 없이 헌신적인 사랑을 하고 그 사랑의 깊이와 단단함을 자신하더라도 연인의 마음이 변해버리면 결국 헤어지게 될 것이다.

그렇게 자신 있고 굳건해 보이는 사랑도 곰곰이 곱씹어보면 우리가 믿었던 것보다 훨씬 나약하다. 우리는 '네 사랑'을 담보로

'내 사랑'을 운영 중이니까. "너만 나를 사랑해준다면"이라는 문구에서 이미 내 사랑은 강하지 않다. 애초부터 마음을 얽어매는 조건이 있지 않은가. 나중에 내 마음이 달라지는 건 문제도 아니다. 이런 식이라면 처음부터 내 마음은 그리 순수하지 않은 셈이다. 조건절로 표현되는 사랑은 '네가 나에게 주는 마음에 따라 달라지는' 상대적인 사랑이다. 나는 절대적인 사랑을 원하면서 반대로 연인에게는 '당신이 나를 바라본다면'이라는 조건을 건다.

우리의 사랑은 어쩌면 늘 조건절에 머물러 있는 게 아닐까? 절대적이고 영원한 사랑을 하고 싶지만, 나에 대한 연인의 사랑이라는 조건은 그리 쉽게 포기할 수 있는 게 아니다. 요즘 세상에 상대방은 나를 돌아보지 않는데 나만 평생 그를 사랑하는 로맨스가 어디 있는가. 요즘은 그런 태도를 사랑이 아니라 찌질함, 미련함이라고 부른다. 아무런 조건도 없는데 혼자 사랑하는 건 어떻게 보면 무서운 일이다.

내가 네게서 사랑받을 것을 기대할 때, 네가 나를 사랑할 때만 (지금은 떠나더라도 언젠가는 다시 돌아올 것이라는 믿음 안에서만) 사랑이 지속된다면, 로맨스는 이미 '어차피'라는 균열의 씨를 품고 있는 셈이다. 그리고 우리의 평범한 사랑은 대개 그 틀을 벗어나지 않는다.

조건 없는 사랑이
더 위태롭다

뛰어봤자 부처님 손바닥 안인 손오공처럼, 아무리 '무조건'을 부르짖어도 조건에서 벗어날 수 없다는 깨달음보다 더 허탈한 것을 알려주겠다. 바로 조건 없는 사랑이야말로 가장 위태로운 사랑이라는 점이다. 사람들이 기대하는 사랑의 판타지는 조건적인 에로스가 아니라 조건 없는 관계다. 다시 말하면 어떠어떠한 조건을 가지고 있다고 콕 집어낼 수 없다는 건데, 그럴 바엔 차라리 계약 관계가 더 낫다. 아무런 조건 없이 성립된다는 건 아무런 조건 없이 해소될 수도 있다는 뜻이다.

연애의
두려움

예를 들어 이것을 주고 저것을 받는다면 이는 계약이다. 특정한 조건을 기준으로 설명할 수 있는 관계다. 사랑은 특정한 조건으로 설명할 수 있는 것이 아니다. 어떤 조건 때문에 너를 사랑한다 말하고, 사랑하는 이유가 특별한 조건으로 대체되거나 설명될 수 있을 때 우리는 그 사랑의 진정성을 의심하게 된다.

사랑을 한두 가지 조건으로 설명할 수 없는 이유는 거기에 있다. 그 자리에 나 아닌 다른 누군가 들어갈 수 있고, 그럴 가능성이 남아 있다면 우리가 기대하는 변치 않는 사랑이 될 수 없다. 참으로 견고해서 누구도 우리 사이를 갈라놓을 수 없고, 누구도 나를 대신할 수 없는 사랑. 우리가 바라는 사랑은 대체 불가능한 독점적이고 배타적인 관계다.

연인 간의 사랑만이 아니라 부모님이나 친구 등 우리가 사랑이라 부를 수 있는 관계에서는 다 그렇다. 물론 연인에게 하는 것처럼 가족이나 친구에게 다른 사람보다 나를 가장 사랑해달라고 요구할 수는 없다. 하지만 내가 '재인'이든 '제인'이든 상관없고, 이 자리에 '채인'이가 들어와도 마찬가지로 사랑받을 것이라는 마음이 든다면 우리는 그 관계에서 충분히 사랑받는다고 느낄 수 없을 것이다.

우리가 기대하는 사랑은 한두 가지, 혹은 수십, 수백 가지의 조건으로도 말할 수 없는 무조건적인 사랑이다. 조건이 있다는 말은 대체 가능하다는 것인데, 우리는 대체 가능한 존재가 되기를 바라지 않는다.

조건이 없는 관계는 그만큼 관계를 보장할 다른 안전띠도 없다. 그의 외모를 사랑한다면, 그의 춤추는 모습을 사랑한다면, 우리는 어쩌면 늙어 죽을 때까지 그 사랑을 안전하게 지속할 수 있을 것이다. 조건이 지시하는 사항을 정확히 이행하면 되니까. '이것' 때문에 나를 사랑한다면 내가 '이것'을 계속 제공하는 한 계속 사랑받을 것이다.

하지만 그건 내가 사랑받는 게 아니라 나의 일부, 나의 특정한 조건이 사랑받는 것이기 때문에 다른 사람으로도 대체될 가능성이 있다. 우리가 바라는 사랑은 그런 게 아니다. 나의 일부만이 아니라 나의 인격과 삶을, 나의 전부를 사랑하기를 바란다. 다른 사람과는 비교 불가능하고 특별하게.

특별하고 유일하며 대체 불가능한 사랑은 그만큼 어떤 특정한 조건만으로는 유지될 수 없다. 아무리 꽃이 피는 것처럼 웃어도, 감쪽같이 개차반 같은 성질을 감추어도, 도를 닦는 생불처럼 유치한 질투를 일절 하지 않아도, 수많은 선물을 가져다 안겨도, 그것만으로 사랑이 보장된다는 약속 같은 것은 할 수 없다. 사랑의 일부일 수는 있지만 전부는 아니기 때문이다. 그런 것이 사랑을 붙들어놓는 계약 조건은 될 수 없다.

그는 나라는 '사람'을 사랑하기 때문에 한두 가지 조건으로는 사랑을 붙들 수 없는 데다가, 심지어 나는 지금도 변하고 있다. 조건 없는 사랑은 실은 그만큼 무서운 것이다. 내가 감당할 수 있고 조절하고 통제할 수 있는 선 바깥에 있는 것이기 때문이다. 물론 그가 조정할 수도 없다. 무엇 때문에 이 사랑이 지속되는지 꼬집어 말할 수 없으니까. 꼬집어 말할 수 있는 조건이 있다면 그 조건을 계속 유지하고 더 확장하기 위해 노력하겠지만 그게 아니다. 이런 게 바로 사랑의 역설이다.

끝을 피할 수 없기에

더욱 중요한 과정

마음도 사랑도 아껴두려는 사람이 있다. 안전해질 때까지, 사랑이 추하게 변질될 것이라는 두려움에 떨지 않을 수 있을 때까지 묻어 두고, 마음의 문을 열지 않으려고 애쓰곤 한다. 그렇게 좋은 방법 처럼 보이진 않는다. 아무리 계산하고 오랜 시간 지켜봐도 두려워 할 필요 없는 안전한 사랑의 세계는 결코 오지 않는다. 원래 사랑 은 어떠한 보장도 할 수 없는 것이다. "내가 이것을 주면, 너는 저 것을 다오, 됐지? 도장 쾅쾅." 우리가 바라는 사랑은 그런 식의 계 약이 아니다.

애초부터 계약 이행 혹은 불이행으로 상대방의 사랑과 내 마음을 잡아둘 수 없다는 사실을 알면서도, 나약한 우리는 종종 그런 것들에 기대고 또 기대한다. 무엇으로도 잡아둘 수 없기에 무엇보다 소중하고 가치 있는 것인데도.

어차피 죽을 수밖에 없다는 것을 알면서 살아간다고 해서 욕망이 줄어들지는 않는다. 다만 절제할 수 있는 근거는 된다. 그러나 우리가 "어차피 죽을 거니까 더 먹어도 소용없어, 더 꿈꿀 필요 없어."라고 절제하지는 않는다. 왔다가 가는 삶 속에서 그것이 나와 주변의 관계와 세계에 어떤 식으로 영향을 끼치고 어떤 의미를 갖는지를 통찰함으로써, 우리는 어떤 것은 그저 흘려보내고 어떤 일에는 더욱 집중하게 된다.

절제는 아무것도 하지 않고 자신의 생명을 소모하는 무기력과는 다르다. 진정한 절제란 피할 수 없는 '어차피' 안에서 발견할 수 있는 의미를 생각하고, 또 그 의미를 만드는 데 집중하는 일이 아닐까?

이 사랑이 흩어지고 퇴락한다고 해도 그 과정이 내 삶에 아무런 의미가 없지는 않을 것이다. 결과가 정해진 만큼, 동일한 결과 안에서 결코 같을 수 없는 짜임과 결이 더 중요하다. 게다가 내 마음이 변치 않는다면, 어떻게 누군가를 내 마음 안으로 들여놓을 수 있겠는가. 사랑이 처음부터 끝까지 한결같기만 하다면 그와 처음 눈을 맞추고, 그와 처음 입을 맞추고, 그와 온전히 마음을 통했다고 느끼는 몸과 마음의 고양을 어떻게 실감할 수 있겠는가.

사랑하지 않았다면 비통함도 경험할 수 없었을 것이다. 괴롭지만 사랑이 주는 아픔이 꼭 나쁘지는 않다. 사람이 죽은 뒤에 아무런 흔적도 남지 않는 것이 더 서글프지 않던가. 사랑이 죽은 뒤에도 마찬가지다. 퇴락의 그림자는 우리가 한때나마 찬란했음을 증명하는 신호이기도 하다. 두려워만 하다가 아무것도 남기지 않는 것보다는, 너무나 진하고 강렬했기 때문에 생겨나는 쓸쓸함을 맛보는 쪽이 더 살 만한 인생이 아닐까.

이제는 깨어난 꿈 앞에서

"넋 빠진 놈." 한참 사랑에 겨운 사람은 심심찮게 타박을 듣는다. "야, 정신 차려. 완전 꿈속이네. 눈에 보이는 게 없구나?" 때로는 비아냥이, 때로는 부러움과 질투 섞인 타박들이 쏟아진다.

심지어 플라톤은 사랑에 빠진 사람은 일종의 접신 상태와 같다고 한다. 인간이면서 신의 세계에 닿아 있는 상태라고. 반은 제정신이고 반은 정신이 나갔다고 할 수도 있겠다. 플라톤은 우리의 인간적 정신에 여백이 생겼기 때문에 신적인 요소가 들어올 수 있다고 한다. 채우려면 빈틈이 있어야 하는 것처럼.

플라톤은 좋은 시를 쓰는 시인의 작업과 비교한다. 플라톤은 시인이 예술을 관장하는 뮤즈 여신과 접신해 외부의 초인간적인 것으로부터 영감을 얻을 때 좋은 시를 쓸 수 있다고 생각했다. 정상이 아니라 다소 광기에 빠져든 상태에서 시다운 시가 나온다고 생각한 것이다.

사랑도 마찬가지다. 사랑은 광기, 영감, 인간을 초월한 세계가 함께 만나는 곳이다. 오죽하면 다시 태어난 것 같다고도 하지 않는가. 연인과 함께라면 아픈지도, 배고픈지도 모른다고 한다. 슬프게도 넋이 영영 빠져 있지는 않는다. 언젠가 꿈에서 깨어난 것처럼 다시 현실을 마주하는 것이다. "야, 너 아까 신나서 데이트 가지 않았어? 왜 그냥 와, 무슨 일 있었어?" "아, 몰라 묻지 마. 정말 확 깨더라." 제정신이 돌아오는 것이다, 번쩍!

"진짜 엄청 좋아했거든요. 원래 알던 사람인데도 어느 순간 사람이 달라 보이는 거 있죠. 우유부단하고 재미없는 성격이라고 생각했는데, 생각이 깊고 신중한 것 같았어요. 여자를 지나치게 좋아하는 타입이라고 생각했는데, 남자가 여자 좋아하는 게 흠인가 싶고. 나중에는 그 사람 뒤에서 후광이 보이더라니까요.

그 사람을 보면 심장이 뛰고, 어떻게든 잠깐이라도 더 보고 싶었어요. 그 사람 집이랑 우리 집이 먼데도 맨날 제가 찾아가고 그랬어요. 약속해놓고 연락 없으면 못 만나서 슬펐죠. 그 사람이 나쁘다는 생각은 안 들었어요. 그냥 다 이해하고 그 사람에게 좋은 사람이 되고 싶었어요. 친구들은 그 사람 별로라며 헤어지라고 옆에서 난리를 쳤지만 저는 눈도 깜빡 안 했어요.

그러다 그 사람 친구들과 함께 만났어요. 여자 친구도 있고 남자 친구도 있는 자리였는데 헤어질 때 여자 친구에게 아쉬워하면서 다정하게 인사를 하는 거예요. 그런데 그 순간 정신이 번쩍 들더라고요. 추근대고 그런 건 아니었는데 그냥, 다른 사람처럼 보였어요. '아, 저 사람은 어느 여자에게나 저렇게 다정할 수 있는 사람이었지.' 하는 생각에 마음이 갑자기 냉정해지더라고요.

싫어진 건 아닌데 후광이 다 걷힌 기분이었어요. 갑자기 해가 쨍해져서 흐릿했던 세상이 선명하게 보이는 것 같은 기분이요. 내가 마음을 얻고 싶어서 안달 난 사람이 아니라, 그전에 알고 지냈던 그저 그런 남자가 다른 여자랑 있는 장면을 본 기분이었어요. '이 사람밖에 없는 줄 알았는데 그게 아닌가 보다.'라고 느껴졌어요. 연극의 막이 바뀔 때가 돼서 다음 막으로 넘어가는 것처럼 자연스럽게 말이죠."

주변에서 흔히 듣는 이야기다. 콩깍지 탈출 간증기랄까. 여자

든 남자든, 연애하는 상대방과 언제 어디서 만났든 눈에 씐 콩깍
지가 의도치 않게 갑작스럽게 벗겨지는 경험은 비슷하다.

우리는 갑작스레 사랑에 빠진 것만큼이나 갑작스럽게 꿈에서
깨어난다. 누군가는 코털이 삐져나온 그의 모습에, 누군가는 기본
적인 맞춤법을 잔뜩 틀린 그의 문자에…. 우리는 대단할 이유 없
이 사랑에 빠져들고, 대단할 이유 없이 사랑에서 깨어난다. 관계
에서의 신의나 정까지도 단번에 깨지는 것은 아니지만, 한번 균열
이 시작된 꿈이 예전처럼 지속되기란 쉽지 않다.

꿈에서 깨어난 친구들은 보통 이런 이야기를 덧붙인다. "야, 기
분이 되게 이상해. 내 마음이 정말 간절하고 순수하다고 생각했거
든. 그런데 이런 일로 깨니까 내 마음이 참 별거 아니었구나 싶어.
되게 허탈하고…. 난 그 사람을 좋아한 게 아니라 내 멋대로 만들
어낸 내 마음속의 그 사람을 좋아했나 봐."

사랑하는 걸까? 나의 환상을

사람들은 원래 사랑이 다 그런 것이라고도 한다. 진짜에 닿을 수 없는 그저 환상에 빠지는 것일 뿐이라고. 그것 참 이상하다. 내가 느끼는 기분과 감정은 이렇게 생생한데 왜 환상이라고 할까. 심장이 빠르게 뛰고, 목소리가 평소보다 흥분해서 갈라지는 게 느껴지는데, 몸이 생생하게 사랑을 증언하는데 말이다.

지독한 염세주의와 여성 혐오로 유명한 철학자 쇼펜하우어는 세계가 나의 표상representation이라고 말한다. 무슨 이야기인고 하니, 내가 알게 되는 모든 것들은 결국 나의 마음속에 떠오른 이미지이지, 실제 사물들 자체는 될 수 없다는 뜻이다. 표상이란 쉽게 말하면 내 마음에 드러난 이미지다. 사실 이것은 쇼펜하우어의 독창적 아이디어가 아니라, 이전에 이미 로크, 칸트 등 근세 철학자들이 다 거쳐간 내용이다.

이를테면 우리는 사진기와 같아서 진짜 하늘, 달, 해바라기, 친구를 찍은 것을 우리가 간직한다고 하더라도, 결국 그것은 실재가 아니라 하나의 이미지일 뿐이라는 것이다. 처음에 그것들을 보거나 접할 때도 마찬가지다. 만일 우리의 눈이 물고기의 시야와 같은 어안렌즈라면 우리가 보는 세계는 마치 현관문 볼록렌즈 사이로 보이는 택배 아저씨의 얼굴처럼 넓고 둥그렇게 왜곡되어 보일 것이다.

평생 그렇게만 세상을 본다면 우리는 우리가 보는 세상이 왜곡되었는지 아닌지 전혀 알 수 없다. 왜냐하면 비교할 만한 다른 기준이 없으니까. 우리가 만일 초점을 맞추는 기능이 없는 흑백 자동카메라라면, 우리라는 카메라에 기록되는 것들은 특별히 어떤 것에 초점이 맞추어지지 않은 흑백의 세계일 것이다.

핵심은 우리는 세계를 직접 만날 수 없고, 반드시 마음을 거쳐 바라볼 수밖에 없다는 점이다. 그건 단지 시력이 나쁘거나, 아직 나이가 어려서 시야가 좁은 것과는 다르다. 나의 마음속에 포착되지 않은 것, 마음이 소화할 수 없는 것은 아예 말도 꺼낼 수 없는 것과 같다. 상상할 수 없는 것은 아예 세계에 있지도 않은 것이다. 아니, 있어도 내게는 아무런 의미가 없다.

두 사람이 만나서 사랑하다가 헤어졌는데 한쪽에서 회고하는 이야기와 다른 쪽에서 회고하는 이야기가 전혀 달랐다는 내용의 영화가 있다. 일방적 기억은 자기가 기억하는 것이 그 이야기의 일면일 뿐이라고는 생각하지 못하고 마치 전부인 양 진실이라고 철석같이 믿고 있다면, 진짜 '문제적' 기억이 된다. '내가 아는 건 전체의 일면일 뿐이다.' '상대방은 다르게 기억할 것이다.' 정도까지 생각할 수는 있다. 그럼에도 실제로 상대방이 어떤 방식으로 느끼고 결정하고 정리하는지는 절대로 알 수 없다. 나에게는 내 마음의 그림이 있고, 상대방에게는 자기 마음의 그림이 있으니까. '내가 모르는 무엇인가'가 있다고 짐작할 수는 있지만 그 무엇인가에 우리는 결코 닿을 수도 확인할 수도 없다.

철학자들에게 표상이 단지 개인의 환상을 의미하는 것은 아니다. 사람이라면 공통적인 사유 구조가 있기 때문이다. 표상도 아무런 규칙 없이 막 생겨나는 것은 아니다. 더 깊게 들어가면 여기에도 많은 논의가 있어 복잡해진다. 어쨌든 사람은 자기 안으로

흡수된 세상의 이미지들을 통해 생각한다는 아이디어는 아주 이해하기 어려운 것도, 엉뚱한 이야기도 아니다.

우리는 너라는 사람을 본다거나 네가 직접 보고 듣고 느끼는 것들을 본다기보다는 나의 마음이라는 필터를 거친 후의 너를 본다. 그래서 남들에게는 꾀죄죄하고 후줄근해 보이는 너의 모습이 나에게는 당당하게 외출하는 자신감으로 느껴질 수 있는 것이다. 한곳에 정착하지 못하고 이곳저곳을 떠도는 그의 모습도, 내게는 자유를 사랑하고 세상을 온몸으로 실천하는 여유로움으로 느껴질 수 있다.

그런데 과연 그게 정말 그의 실재reality, 즉 진짜 있는 방식 그대로일까? 그는 진짜로 자신 있고 자유로운 사람일까. 그냥 내가 그렇게 기대하며 꿈보다 더 좋은 해몽으로 그를 끌어당기는 걸까. 하지만 내가 실재인 그를 사랑하는 게 아니라 내 마음에 비친 그를 사랑한다고 해서 문제될 것은 없어 보인다. 어쨌든 그라는 사람이 있으니까 내 마음에 비친 그도 생기는 거니까.

★
★

이미지와 실재의 충돌,
내 환상은 자폐적일까?

내 마음 안에 떠오른 그에 대한 이미지가 그와 많이 닮아 있으면 그나마 다행이지만 실제 그의 모습과 많이 멀어진다면 이야기가 조금 복잡해진다. 내 마음의 기대와 소망이 '그'라는 옷을 입고 생명력을 얻으면 그에 관한 이미지인데도 그와는 아주 거리가 멀고, 나의 마음하고만 닮아 있다. 처음에는 내가 바라던 꿈속의 상대가 나타난 것처럼 설레고 기뻐서 거기에 취해버린다. 그런데 그는 자기 머리와 마음과 몸을 가지고 살아 움직이는 사람이라 내가 만들어낸 이미지랑 똑같을 수 없다. 그래서 충돌과 균열이 생긴다.

내가 만들어낸 세상 속에서 우리의 사랑은 완벽한데 이상하게 어디선가 조금씩 틈이 생긴다. 틈이 생기는 곳, 불편하게 느껴지는 그곳이 바로 내가 상대방에게 투영하고 있던 나의 이미지와 그 사람의 실재가 부딪히는 곳이다. '이런 사람이 아닌데, 원래 이렇게 무례하고 무책임했나?'

맞다. 그 사람은 원래 그런 사람이다. 그러니 상대에게 나의 생각과 바람을 요구하지 말자. 멋대로 만들어낸 이미지에 흠뻑 젖어서 행복했으면 그 이상은 바라지 말아야 한다. 단꿈에서 깨어났으면 차라리 그냥 도망가라. 그 사람에게 책임 떠넘기지 말고.

정확하게 말하자면, 그 사람은 원래 그런 사람인 동시에 원래 그런 사람이 아니기도 하다. 그 사람은 그냥 A라는 단어를 내뱉고, B라는 몸짓을 하고, C라는 물리적 변화를 보여줬을 뿐이다. 그게 정말로 무례하고 무책임한 것인지는 누가 확인해줄 수 있을까? 지난달에는 이상하게 느껴지지 않았던 행동이 이번 달에는 다르게 느껴지는 것이 그 사람 탓인가? 우리는 '원래 그 사람'에 가닿을 수도 없고 알 수도 없다.

만일 세상 모든 사람들이 저마다의 표상, 나아가 자기만의 환상에 젖어서 산다고 해도 서로 다른 환상을 가진 한 어디선가는 반드시 부딪히게 된다. 스스로 감수성이 풍부하다고 생각했는데, 다른 사람의 마음속에서는 메마르고 냉정한 사람일 수도 있는 것처럼 말이다. 그런 차이들이 완벽하게 통일될 수 없기 때문에 갈등과 충돌이 일어난다. 그것마저 덮을 수 있는 환상이라면, 구멍 뚫린 이미지까지 모른 척할 수 있을 정도면 엄청 강한 환상이라 끼어들 틈이 없다.

내 환상이 갈라지고 멈추는 곳이 있어야 다른 사람이 들어올 자리가 생길 텐데 그런 여지마저 모두 묻어버리니 다른 사람과 소통이 되지 않는다. 그러면 다른 사람들과의 관계에서 내 환상이 어느 정도의 자리를 차지하는지 가늠할 수가 없게 된다. 쉽게 말해서 자기객관화가 안 된다. 다른 표현으로는 자폐적인 사고라고도 한다. '자폐'라는 말은 내 안에 갇힌다는 뜻이다.

사람들이 저마다의 환상을 가지고 있으면서도 다른 사람들과 큰 문제없이 어울려 살아갈 수 있는 것은 밀물과 썰물처럼 서로의 환상에 열려 있기 때문이다. 다른 사람과 나를 비교하며 균형을 잡아간다.

공동생활에서는 어쩔 수 없이 싸움과 불만이 생기기 마련이다. 그런데 자신의 환상이 지나치게 큰 사람들은 갈등을 마치 없는 것처럼 묻고, 자기 세계에서 지워버린다. 불편함을 느끼는 순간 내가 만들어놓은 완벽한 세계는 빛을 잃게 될 테니까. 다른 것과 비교되고, 다른 것 때문에 무너질 수도 있다면 더 이상 완벽한 세계가 아니다. 나는 세계를 내가 보고 싶은 대로 보고, 또 그런 식으로 존재한다고 믿고 있는데, 그게 불가능하다는 사실을 마주하면 내 세계는 완전히 무너져버린다.

세계에 틈이 있어야 다른 사람과 어울릴 수 있다. 자기 것만 고수하려는 사람은 다른 사람 말을 잘 안 듣는다. 자기 환상만 고수하려는 사람은 환상으로 다 덮을 수 없는 것들에 대해 증거를 들이대도 자기가 원하는 시나리오에 끼워 맞춰 생각한다. 심지어 히틀러는 이렇게 말하기도 했다. "나의 표상이 곧 너의 세계"라고. 이 말대로라면 내가 생각하고 꿈꾸는 것만이 진짜고, 다른 사람의 것은 끼어들 여지가 전혀 없다. 나와 다르게 생각하는 사람들을 인정하거나 용납할 수 없다는 뜻이다.

그러니까 자기가 만들어낸 환상과 실재가 충돌을 일으키는 순간은 사실 우리의 정신 건강과 무난한 삶을 위해서는 약이 된다. 입맛대로 환상 안에서만 살려던 우리가 조금씩 정신을 차리고 다른 사람의 환상도 겪어본 후에 '내 환상이 엄청 대단하고 꼭 지켜져야 하는 건 아니구나.' 하고 현실감을 회복하는 것이다.

내 마음속에서 멋대로 그 사람의 멋진 부분을 극대화하거나,

내가 꿈꾸던 이상형에 그 사람을 끼워 맞추고서는 나의 환상이 실제 그 사람이라고 착각하다가, 구멍 난 러닝셔츠 같은 남루한 현실을 조금씩 마주하게 되면 우리 사이는 금이 가는 걸까? 아니다. 내 환상에만 금이 가는 것이다. 내 환상이 환상일 뿐이고 사실은 다를 수 있다는 가능성을 마주하게 되는 것이다.

어쩌면 그 사람과의 관계는 바로 그때부터 진짜 시작될 수도 있다. 우리가 서로 다른 세계를 꿈꾸는 정말 '다른' 마음을 가졌다는 사실을 받아들이는 순간부터 새롭게.

때로는 기술이 필요하다

★
★
나는 너의 아이돌,

환상에 빠진 연인을 달콤한 꿈에서 깨우고 싶지 않다면, 연인이 진짜로 원하는 게 무엇이든지 간에 이 관계를 계속 유지하고 싶다면, 그 환상을 깨지 않으면 된다. 깨지 않으면 평화롭다. 다만 그 환상을 깨지 않기가 어려운 게 문제다.

비슷한 시대에 비슷한 조건에서 함께 살아가는 사람이라면 바라는 것에도 비슷한 점들을 찾을 수 있다. 그리고 나의 욕망이 다른 것과의 관계에서만 생겨나고, 언론이나 교육 등을 통해 얼마든지 영향을 받고 조절될 수 있다는 것까지 고려한다면 더욱

연애의
두려움

그렇다. 시대가 요구하는 이상적인 스타일 같은 것이 있지 않은가. 물론 그런 바람을 다 채워줄 수는 없다. 너무 채워줘서도 안 된다. 배부른 사람이 밥을 더 먹고 싶어 할까? 감질나야 더 먹고 싶은 법이다. 그러니까 채워주는 게 아니라 깨어나지만 않게 하면 된다.

일명 '밀고 당기기'는 관계의 속도 조절만을 의미하는 것이 아니라, 상대의 환상을 깨지 말라는 뜻으로도 해석된다. 최대한 환상에서 깨어나는 시간을 미루는 것이다. 미룰 수 있다면 가능한 한 아주 멀리. 상대가 나의 실재를 보지 못하도록 계속 눈을 가린 채로 둘 필요가 있다. 중요한 순간에 먼저 말하지 말자. 괜히 입 열어서 산통 깨지 말고, 적극적으로 긍정하지도 부정하지도 말자. '애매모호'의 전략이 필요하다. 모르면 깨어날 수도 없다.

최대한 확인 가능한 시간을 미루자. 그 사람이 나를 다 파악했다고 생각하지 못하도록 해야 한다. 정말로 어떤 것인지 다 알아버리면 상대는 더 이상 꿈꿀 수 없다. 꿈은 아직 결정되지 않은 것, 모르는 것, 변할 가능성이 있을 때 꿀 수 있는 것이다.

최근 세계적으로 케이팝K-pop의 아이돌이 인기를 얻고 있다. 그런데 사실 엄밀히 말하면 아이돌은 직업이 아니다. 그들의 직업은 가수다. 아이돌은 직업이라기보다 사람들이 서로 관계할 때 맺는 태도나 약속이다. 누군가의 바람과 소망이 깃든 환상을 전해줄 수 있다면 누구라도 아이돌이 될 수 있다. 그래서 ○○업계의 아이돌, 주부·유치원생의 아이돌이라는 말도 있지 않은가.

아이돌의 핵심은 꿈과 희망을 만드는 것이다. 정확하게 말하면 달콤한 환상을 만들어내는 것이다. 그들 역시 별다를 것 없이 밥도 먹고 화장실도 가는 평범한 사람이지만, 그런 모습이 전부가 아니라는 기대감, 험악하고 구질구질한 세상 뒤에 달콤하고 예쁜 것이 여전히 남아 있다는 기대감을 심어줄 수 있어야 아이돌의 자격이 있다. 항상 너를 웃게 하고 열광하게 할 것이며, 지금껏 보여준 것 외에도 앞으로 더 많은 것들이 남아 있다는 기분을 들게 한다. 그리고 이 관계가 영원히 지속될 것이라고, 나는 늘 너의 환상 제조기이자 네가 꿈꾸는 환상 속의 스타가 될 거라고 약속한다. 물론 그것마저 하나의 달콤한 꿈이지만 말이다.

연애 관계에서, 나도 연인에게만큼은 아이돌이다. 반대로 상대방도 나에게만큼은 아이돌이다. 나를 계속 꿈꾸게 하고, 상상하게 만들고, 자꾸 더 갖고 싶게 만든다. 그가 환상에서 깨어나지 않도록 하려면 나는 아이돌로서 의무를 다할 필요가 있다. 그가 원하는 것을 내가 가지고 있고, 그의 목마름을 내가 채워줄 수 있다고 상상하게 만들어야 한다.

　그가 꿈꾸는 환상이 무엇인지 꼭 알아야 할 필요도 없고, 구체적으로 증거를 보여주거나 약속할 필요도 없다. '네가 알게 된 것이 나의 전부는 아니고 나에게는 아직 네가 확인하지 못한 많은 부분이 남아 있다.'는 분위기를 풍기는 것만으로도 충분하다. 그러니까 내가 지금 화장실에서 볼일을 보며 너와 통화 중이라는 사실을 밝힌다고 해도 사랑의 꿈에서 깨어나는 건 아니다(물론 관계 초기에는 좋지 않지만). 그런 모습조차 상대에게 또 다른 환상을 품고 상상을 펼치도록 하는 재료가 될 수 있기 때문이다. 상대방은 '우리가 이렇게 가까워졌나 봐, 이렇게 편해지고 익숙해져 가는 거겠지.'라고 생각할 수도 있다. 그런 모습에서 앞으로 계속 함께할 미래를 읽는다면 그는 분명 행복할 것이다. 우리가 바라는 환상은 아주 다양하다는 점을 기억하자.

　그리고 계속 꿈꾸게 해주자. 계속 환상 안에 머무르게 해주자. 나 혼자 만들어내는 환상이 아니라 반드시 네가 있어야 가능한 환상이라고 착각하게 해주자. 네가 있어야 여름 유원지의 불꽃놀이 같은 이 환상이 계속될 수 있다고. 다른 사람은 절대로 이 비슷한 꿈조차도 꾸게 할 수 없다고. 뿌연 안개 속에서, 잡힐 듯 잡히지 않는 그런 환상을 말이다.

· 3부 ·

연애의 노력

외모 예선부터 통과해야

연애를 하려면

우리는 과연 몸도 마음도 연애할 준비가 되어 있는 걸까? 연애를 하기 위해서는 도대체 어떤 준비가 필요할까? 예전에 사랑을 주제로 강의할 때였다.

"친구들의 페이스북을 보면 온통 연애중이에요. 제 생각에는 저보다 별로인 애들이 많은데, 그런 애들도 연애를 하고 있는 거예요. 주변에 다들, 나만 빼고! 나도 괜찮은 사람인데 왜 나만 연애를 못하고 있지? 괜히 속상하고 막 질투 나요. 그 애들만 행복한 것 같고, 제가 되게 부족한 것 같아요."

한 남학생의 푸념이었다. 같은 조의 친구가 답한다.

"제가 보기에 저 친구는 일단 옷차림이랑 헤어스타일부터 바꿔야 해요. 운동해서 근육도 좀 키워야 되고요. 요즘 여자애들이 날씬한 남자를 좋아한다지만 비쩍 마른 게 아니라 날씬한 근육질 몸매를 좋아하거든요. 일단 외모부터 가꾸고 그다음을 고민해야지, 아무것도 안 하고 남들 부러워만 하면 뭐해요?"

역시 연애를 하려면 외모부터 가꾸는 게 첫 번째 조건일까? 인터넷 커뮤니티에는 연애 상담 글이 꽤 많다. 종종 남자친구가 권태를 느끼는 것 같다며 어떻게 하면 좋을지 도움을 요청하는 글을 발견할 수 있다. 그런 질문에 달리는 답변들은 비슷하다. 괜히 붙들고 앉아 닦달하지 말고, 그 시간에 스스로를 가꿔서 여성스럽고 섹시한 모습을 보여주는 일이 필요하다는 글이다.

여성스럽고 섹시한 모습은 성적인 긴장감뿐만 아니라 상대방에게 경쟁의식이나 질투심도 부추길 수 있다. 오랫동안 알고 지내던 사람이 보기에도 새삼 예쁘고 좋아 보이는데 다른 사람들 눈에는 안 그럴까? "야, 너 말고도 나 좋아해줄 남자 많거든. 내가 계속 네 여자일 것 같아? 안심하지 마."라는 신호를 보내는 것이다.

괜찮은 연애 상대임을 증명하기 위해 외적인 매력을 어필하는 것만큼 즉각적이고 직접적인 것은 없다. 익숙해졌다는 이유로 서로에게 너무 편한 모습만을 보였는가? 마음이 식는 게 그 사람의 잘못이 아니라 내가 연애 관계의 긴장감을 망각했기 때문은 아닌지 돌아보자. 마음이 먼저 식은 건 오히려 내 쪽인가 싶기도 하다.

그러니 연애의 시작이 어려운 사람이든 연애의 유지가 어려운 사람이든, 외적으로 드러나는 모습에 대한 '관리'가 필요하다. 세상을 들었다 놨다 할 미남 미녀는 아니어도, 그 사람에게만큼은 매력적으로 보여야 연애도 잘 굴러가지 않을까? 외모를 가꾸는 건 상대에 대한 최소한의 예의이기도 하다. 그런 말도 있지 않은가. 외모가 예선, 성격이나 능력 같은 다른 요소가 본선이라고. 그래서 본선에서 충분히 어필할 자질과 품성을 지니고 있어도 일단 예선을 통과 못하니 어쩔 수가 없다고. 그러니 외모를 가꾸라는 것이다.

내면도 보이지 않는다

조건이 없으면

지금 연애를 하지 않고 있는 사람도, 연애를 하고 있는 사람도 외모에 대한 고민에서 완전히 자유로워지기란 어려운 일이다. 그런데 연애에 경쟁력을 높여주는 외적인 매력은 단지 신체에만 있지 않다. 평범한 사람들의 외모에 후광 효과를 주는 건 그 사람이 가지고 있는 다른 장점들이다. 자기 직업에서 경력이 훌륭하거나, 평판이 좋아서 나 말고도 그 사람의 곁에 있고 싶어 하는 경쟁자가 많거나, 돈이 많아서 씀씀이가 쪼잔하지 않은 등 다른 요소인 거다.

연애의
노력

사람들은 외모에 후광 효과를 더하는 다른 조건들, 특히 눈으로 확인이 가능한 조건들을 세 글자로 줄여서 말하곤 한다. "돈 많아?" 이 때문인지 나이 차이가 많이 나거나, 미녀와 야수 소리를 들을 정도로 서로 다른 스타일이거나, 그 밖에도 얼핏 보기에 크게 차이가 나는 커플을 보면 이렇게 수군거린다. "와, 한쪽이 돈이 많은가 봐."

흔히 여자는 외모, 남자는 돈이라고들 한다. 상대방의 능력을 증명해주는 것을 외모와 돈이라고 보는 건 참 오래된 시선이다. 요즘은 남녀를 굳이 가리지 않고 이 조건들을 대입하기도 한다. 만남을 주선하는 회사들은 소위 서로 '급'이 맞는 비슷한 환경의 남녀들을 소개해주는데, 그곳에서 높은 등급을 받기 위해서는 돈과 외모가 제일 중요하다. 혹은 돈과 외모를 보장할 수 있는 다른 조건들이 중요하다. 좋은 집안, 어린 나이, 기대 연봉이 높은 직업 등이다.

사람들은 종종 이런 세상을 비관하거나 한탄한다. 심하면 자괴감에 빠져 답도 없는 자학을 무한 반복하거나, 자기 이외의 다른 모든 커플들을 그런 시선으로 바라보기도 한다. "난 아무리 내적인 매력을 갈고 닦아도 처음부터 안 되는 거였구나." "아무리 노력해도 안 생겨요. 이런 속물들의 세계!"

돈과 외모에는 공통점이 있다. 겉으로 드러나서 확인 가능하다는 것과 본인이 쉽게 바꿀 수 없는, 날 때부터의 환경이 많은 영향을 미친다는 사실이다. 본인이 노력해서 쉽게 바꿀 수 없는 조건들을 따지면 속물일까? 만일 드러나는 조건을 따지는 것이 속물이라면 연애의 상대방을 탐색하는 우리는 모두 속물이다. 누가 정해주는 것이 아니라 자기 스스로 상대를 찾는 연애에는 어디에나 속물근성이 숨어 있다. 우리는 머릿속으로 열심히 계산기를 굴리고 있는 중이다.

나는 그런 사람이 아니라고 애써 변명하는 고상한 당신도 마찬가지다. "나는 그 사람이 어떤 조건을 가지고 있는지도 모르고 첫눈에 반했다." "불같은 감정으로 빠져들었기 때문에 계산할 여유 같은 건 없었다."라고도 한다. 글쎄, 그 사람에게 왜 반했고 왜 그토록 열렬히 빠지게 되었을까? 뭘 보고, 뭘 알아서? 혹시 관심법을 쓰는 걸까? 그래서 겉으로 드러나는 조건들과는 전혀 무관하게 상대의 내면에 빠져들었다고 말하는 걸까?

★
★
★

반하지도 않아

내게 이롭지 않으면

플라톤은 '내가 그 사람에게 끌리는 이유는 나에게 좋은 조건을 가졌기 때문'이라고 콕 짚어준다. 예를 들어 자석은 N극이 반대극인 S극을 끌어당긴다. 매력이란 그렇게 끌어당기는 힘을 말하는데, 그 힘은 내게 없는 것을 상대방이 가지고 있기 때문에 생긴다고 한다. 자석처럼 나와는 다른 사람에게 끌리고, 나와 다른 사람을 끌어당기게 되는 것이다. 나와는 '다른 힘'을 가진 상대방에게 매력을 느끼고, 그런 매력이 다른 사람을 끌어당긴다는 것이 핵심이다.

경제적·업무적 관계에서만 유리하고, 이득이 되는 관계를 따진다고 생각했다면 오산이다. 게다가 경제적·업무적 관계보다 더 개인의 의사가 존중되는 관계가 연애 관계 아니던가. 나의 견해가 존중될수록 나는 나에게 좋은 것을 고르려고 할 것이다. 실제로 좋은 것이든 실제로는 그렇지 않은데 나 혼자 착각한 것이든 간에, 우리는 가능하면 자신에게 좋은 쪽을 고르려고 한다. 그런 매력은 꼭 외모나 돈이 아닌 다른 요소일 수도 있다.

어찌 되었든 내게 도움이 될 것 같은 사람을 골라서 좋아하게 되는 거니까 우리는 이미 은연중에 계산기를 두드리며 연애를 시작하는 셈이다. 나에게 좋아 보여서, 그러니까 가지고 싶고 내 것으로 만들고 싶어서, 연애를 걸고 또 하게 된다.

원하고 바라는 마음은 나를 움직이게 한다. 배가 고프니까 한밤중인데도 굳이 불 켜고 일어나서 라면을 끓이는 것처럼. 배고파서 뭔가를 먹고 싶다는 마음이 귀찮음을 물리칠 정도로 컸던 것이다. 귀찮음을 물리칠 정도는 어떤 정도일까? 지금의 이 상황으로 도저히 만족이 안 되는 경우다. 여전히 불만족스럽고 이 불만족스러움을 더 이상 견딜 수 없을 때, 우리의 마음은 행동으로 나타난다.

보통 우리는 이미 충분히 많이 가지고 있는 것을 더 원하지 않는다. 만족스러울 때는 더 원하지 않는다는 말이다. 뭔가가 여전히 좋고 예뻐 보일 수는 있어도 굳이 더 가지려고 애쓰는 사람은 많지 않다. 배가 많이 부르면 다른 음식이 맛있어 보여도 굳이 일어나서 장을 보고 요리를 하게 되지는 않지 않는가.

돈은 가지고 있어도 더 가지려고 발버둥 친다고? 여기에 플라톤은 딱 한마디로 대답한다. "응, 그건 지금 이 정도가 충분하다고 생각이 안 돼서 그래." 지금 이 순간 부자인 것으로는 '충분히' 만족스럽고 안심되지 않는다. 지금뿐만 아니라 앞으로도 계속 부자이고 싶고, 미래에도 계속 부자이고 싶기 때문에 지금 가진 부에서 멈추지 않고 계속 돈을 벌고 모으려 하는 것이다.

우리는 충분히 가지고 있지 못한 것, 충분히 만족되지 않은 것을 더 가지고 싶어 한다. 즉 감질 나는 것을 가지고 싶어 한다. 충분하지 않은 부분이 의식되면 더욱 그 부분을 채우고 싶은 것이다. 하지만 내가 가지고 있지 않다고 해서 아무것에나 마음이 동하는 건 아니다. 나에게 없는 것들은 참 많지만 이런 것을 모두 갖길 바라고 있는가? 그렇지는 않을 것이다. 사람들은 충분히 가지고 있지 않은 것 중에서도 '좋은 것'만을 가지고 싶어 한다고 플라톤은 이야기한다.

★
★
조건이 중요하기는 한데

제 눈의 안경이라

우리는 '나에게 좋은(좋을 것이라고 믿는)' 사람에게 끌린다. 다른 사람에게는 눈을 씻고 찾아봐도 장점이 없어 보이는 사람이 나에게는 두 번 다시 없을 운명의 상대처럼 느껴지는 것은 이런 까닭이다. 반대로 아무리 귀하고 좋은 것이라고 해도 자신에게는 해롭다면 사람들은 그걸 가지려고 하기보다 버리고 싶어 할 것이다.

　우리는 마음과 인생의 결핍을 채우기 위해 '바로 그 사람'을 원한다. 그 사람이 가진 외적 조건이든 생각이나 성품이든 무엇이 되었든지 간에, 그 사람이 부족한 나를 채워주기 때문에 끌릴 수밖에 없다. 아니면 적어도 채워질 것이라는 기대감을 안겨주기 때문에 이끌린다. 그래서 다른 사람이 보기에는 아무리 별로여도 나에게 좋은 것이라고 생각된다면, 다른 사람이 보기에는 괜찮은 것 같아도 나에게는 성에 차지 않는다면, 우리는 계속해서 원하고 바라게 되는 것이다.

'도대체 저런 사람을 왜 만날까? 쟤가 뭐가 좋다고 저렇게 절절 매지?'라고 생각되는 연애를 하는 친구가 주변에 꼭 한둘은 있다. 그들의 이해 못할 선택도 그 친구 나름으로는 합리적인 셈이다. 우리가 보기에는 정말 별로여도 그 친구에게만큼은 삶을 더 풍요롭게 해주는 사람일 수 있으니까. 그래서 우리가 연애로 진입하는 결정적인 요건은 일반적인 기대나 결핍이 아니라 바로 '그 사람의 기대와 결핍'과 '나의 기대와 결핍'이다. 이 2가지가 서로 조화를 이룰 때 우리는 성공적으로 연애라는 궤도에 들어서게 되는 것이다.

그러니 누구나 좋은 사람을 찾지만 '나에게 좋은' 사람의 기준과 조건은 저마다 다를 수밖에 없다. 절실하게 아쉬워하는 부분도, 그 아쉬움의 정도와 모양도 다르기 마련이다. 누구나 "예쁜 사람이 좋아요."라고 말해도 어떤 얼굴에서 더 매력을 느끼는지는 사람마다 다르다.

누구나 반할 엄청난 미모의 소유자라면 크게 상관없겠지만 그런 얼굴이 아니라면, 내가 좋아하는 바로 그 사람이 생각하는 예쁨의 기준 안에 들기 위해 화장법이나 헤어스타일을 바꾸는 것부터가 시작이다. 모두가 감탄할 만큼 예쁜 얼굴과 자꾸만 만나고 싶고 같이 뭔가 하고 싶은 사람은 엄연히 다르다. 하지만 우리는 두 가지 경우에 모두 예쁘다는 말을 쓴다. 그러니 그 사람만의 취향이 참으로 중요한 것이다.

외적인 조건이 아니라 내면을 살펴본다고 하는 경우도 마찬가지다. 착하고 예의 바른 사람이라거나 대화가 통하는 사람이 이상형이라고 말하는 사람이 참 많다. 하지만 사람마다 '착하고 예의 바름'의 기준이나 허용 범위는 꽤 다르다. 내가 보기에는 아주 착하고 참한데 다른 사람이 보기에는 바보 같고 답답해 보이는 경우도 있다. 대화가 통한다는 조건은 더욱 그렇다. 그래서 연애 상담의 진리는 '케이스 바이 케이스case by case' 아니겠는가.

이제부터 필요한 것은 뭘까? 연애하고 싶은 그 사람이 어떤 스타일에 호감을 느끼는지를 알고 그에 맞는 매력을 가꾸는 일이다. 내가 좋아하는 그 사람은 차갑고 어른스러운 매력이 있는 사람에게 끌리는데, 귀엽고 깜찍한 매력만 키워봤자 역효과다.

외적 매력뿐만 아니라 내적 매력도 마찬가지다. 사람 외모의 팔 할은 분위기라지만 분위기가 꼭 신체 조건이나 수치로 확인 가능한 외적인 조건에서만 비롯되는 건 아니다. 남들이 보기에는 좋은 조건을 갖추었어도, 어린 시절의 트라우마에서 벗어나지 못한다거나 지금의 자신을 믿지 못하는 등 내면이 위태로운 사람들은 그 분위기가 어딘지 다르기 마련이다.

반대로 내면이 풍요로운 사람은 외모나 여타의 조건이 조금 부족해도 반드시 어딘가에서 여유가 느껴진다. 예를 들면 자기보다 약한 사람을 대하는 태도, 스쳐 지나가는 사람에게 대답하는 말 한마디, 남들이 쉽게 말하는 가십에 침묵하는 얼굴, 쉽게 웃어넘길 수 없는 일에도 보이는 미소 같은 아주 작은 것에서부터 다르다. 깊고 좋은 향기는 은은하지만 아주 멀리까지 풍기듯 자연스럽게 그 사람의 매력이 드러난다.

★
★
숨은 매력이 필요해
연애로 나아갈 수 있는

사람이 생각하는 '잘나고 멋지고 능력 좋은' 매력의 범위는 의외로 넓고 섬세하다. '나 자신'이라는 변수까지 들어가면 더욱 그렇다. 남들은 다 든든하고 반듯한 사람이 좋다는데, 어릴 적부터 큰 사고 없이 살아온 사람은 오히려 위태롭고 불안한 사람에게 끌릴 수도 있다. 게다가 많은 사람들이 매력적이라고 생각하는 조건도 시대에 따라 유행을 탄다. 시대가 선택하는 미인상이 달라지듯이 섹시하다는 기준도 시대에 따라 달라지기 마련이다.

　섹시하다는 건 자극적이라는 뜻인데, 자극적인 게 좋다고 할 수는 없다. 어린 시절 학교 앞의 불량식품 좌판에 아이들이 몰려 있었던 이유를 생각해보자. 불량식품에 끌리는 아이들이 있듯이 꼭 평균적으로 잘나고 좋은 인간만 연애하란 법 없고, 고상하고 현명한 사람도 연애는 잘 안 될 수 있다. 내가 어떤 사람을 원하고, 그 사람은 어떤 사람을 원하는지 상대적인 매력이 문제가 될 뿐이다.

게다가 처음의 매력이 관계를 유지하고 확장하도록 돕는다는 보장도 없다. "미인도 3일이면 질린다."라는 말도 있지 않은가. 몇 번 데이트하고 말 것이라면 모를까 그 이상이 필요하다. 몇 번의 데이트가 연애는 아님을 명심하자. 함께 있으면 즐겁고 편안하고 나 자신이 좋은 사람처럼 느껴지고… 이런 연애가 유지되기 위해서는 마음의 만족이 중요한데 그건 외적 조건으로만 가능한 것이 아니다.

외모는 정말 마음에 드는데 몇 번 만나보니 지루하고 재미없는 상대들도 있다. 그리고 이미 충분히 다 가졌다는 생각이 드는 순간, 그때부터는 싫증을 느끼게 된다. 실제로 다 가졌는지 안 가졌는지는 문제가 되지 않는다. 다만 싫증을 느낀다는 게 중요하다. 그래서 연애에서는 첫 매력도 중요하지만 숨은 매력이 더 중요하다는 것이다.

"처음에는 차갑기만 한 줄 알았는데, 의외로 허술한 면이 있는 걸 보고 더 좋아졌어." 어디선가 많이 들어본 이야기다. 처음에 보인 모습과 크게 다른 부분이 있고, 그렇게나 차이 나는 요소가 한 사람 안에 모두 들어 있다는 것은 확실히 매력적이다. 그 사람의 매력이 다양하다는 뜻이기도 하고, 한 번의 만남으로 그 사람의 처음과 끝을 알았다고 단정 지을 수 없다는 사실을 확인해주는 것이기도 하니까. 그런 사람들이 섹시한 것이다.

한 손에, 한눈에 다 들어오지 않는 매력은 그만큼 짐작할 수 없고 전부 정복할 수 없는 존재라는 사실을 확인시켜준다. 그게 상대의 몸과 마음을 자극한다. 사람들은 이런 특징을 반전 매력이라고 부르기도 한다.

연애가 쉽게 끝나버리는 사람들이 있다. 처음에는 상대방이 적극적으로 다가와서 마음을 열었더니 오히려 상대방이 흥미를 잃는 관계 말이다. 실제로 내가 어떤 사람인지는 문제가 아니다. 상대에게 더 이상 모르는 부분, 알아야 할 부분이 남아 있지 않다는 기분을 주는 게 문제다.

외적 매력이든 내적 매력이든 한두 가지의 매력으로 연애를 유지하거나 사랑을 깊어지게 할 수는 없다. 숫자의 문제가 아니라 깊이의 문제다. 금방 파악할 수 없을 만큼 깊이를 지니는 일이 중요하다. 마성의 여자나 마성의 남자라는 말, 그건 그 사람이 남들보다 월등히 뛰어난 외적 조건이나 내적 조건을 가지고 있어서 불리는 건 아니다. 오히려 조건의 나열로는 모든 사람을 다 끌어당길 수 없다. 마성이란 한두 가지 표현으로는 다 담을 수 없는 다양한 매력과 파고 또 파도 여전히 남아 있는 게 그 사람 안에 있다는 의미에 가깝다.

우리에게는 한 겹의 매력이 아니라 여러 겹의 깊고 넓은 다층적인 매력이 필요하다. 그러고 보니 꼭 연애에만 해당하는 말은 아닌 것 같다. 지금 가지고 있는 외적 조건과 매력이 평균에 미치지 못한다고 너무 초조해하거나 주눅 들 필요는 없다.

현재라는 결과의 주된 원인을 찾는 일은 중요하다. 백수라서 인기가 없는 건지, 패션 감각이 엉망이라서 연애를 못하는 건지 지금 상태를 파악하는 일은 필요하다. 그러나 무엇이 더 근본적인 요소인지는 헷갈리지 말기 바란다. 연애는 외적 매력으로'만' 하는 것도, 외적 매력에만 의지해서 잘 풀리거나 깊어질 수 있는 것도 아니니 말이다.

착한 남자는 늘 한 걸음 늦다

★
★
★

성실하고 다른 사람을 잘 배려하며 겸손한 A는 한 여자를 남몰래 흠모하고 있다. 그런 A는 어느 날 퇴근길에 엄청난 장면을 목격한다. 싸가지 없고 무례한 언행으로 그녀와 사이가 좋지 않던 B가 그녀와 키스하고 있는 모습이었다. 벚꽃이 흩날리는 아름다운 봄밤, 벤치 아래서 내가 좋아하는 여자가 다른 남자와! 심지어 키스 중이라니. 망연자실한 A를 뒤로 하고 내레이션이 흐른다. "드라마 속의 착한 남자들은 언제나 한 걸음 늦다."

김혜수가 유능한 자발적 계약직 사원으로 나오는 드라마 〈직장의 신〉 속 한 장면이다. 어디 이 드라마에서만 그럴까? 다른 드라마, 소설, 영화, 만화 속에서도 마찬가지다. 착한 남자는 늘 조연에 머물고, 냉정하고 싸가지 없는 남자가 주인공이 되어 모든 걸 얻는다. 현실에서도 마찬가지다. 인터넷 커뮤니티에는 나쁜 녀석에게 자리를 빼앗긴 착한 남자들의 아우성, 나쁜 여자에게 자리를 빼앗긴 착한 여자들의 눈물 없이 볼 수 없는 이야기가 널리고 널려 있다.

정말 여자들은 나쁜 남자를 좋아할까? 결국 좋은 남자를 차지하는 건 실컷 놀고 나중에 내숭 떠는 여우 같은 여자들일까? 꼭 그렇지는 않겠지만 솔직히 아주 아니라고도 못하겠다. 연애는 착함과 성실함으로 승부를 보는 게 아니기 때문이다. 그러면 도대체 무엇이 문제일까?

성실함, 예의 바름, 헌신 등과 같은 착한 사람의 특징은 분명 매력에 속하는 것이라 인간적으로는 충분히 어필할 수 있다. 그래서 착한 남녀의 한 걸음 늦은 사랑 이야기가 더 슬프게 다가온다. 왜냐고? 못 먹는 감 찔러나 보는 격이면 기대나 안 하지, 인간적으로 충분히 가까워져서 이제 다음 단계로 넘어가기만 하면 된다고, 넘어갈 수 있다고 생각하는 찰나에 한 발 늦었음을 알게 되며

절망하기 때문이다. 이렇게나 가까워졌는데 왜 그다음은 잘 안 될까? 왜 나보다 인간적으로 더 못나 보이고 못된 사람은 연애를 잘만 하는 것일까?

착한 게 연애에서 독이 되는 건 연애를 시작하는 단계에서만이 아니다. '헌신하면 헌신짝 된다.'라는 말이 있다. 이미 연인이 된 상황에서도 너무 착하기만 하면 오히려 뒤통수 맞기 쉽다는 게 연애에 관한 통론이다. 도대체 왜 그러는 걸까?

열심히 노력했는데, 사랑을 얻지 못하거나 떠나보낸 사람들의 좌절은 대개 비약적인 결론을 만들어내는 쪽으로 향하기 마련이다. 얻지 못한 마음, 상실의 슬픔은 혼자서 받아들이기 쉬운 문제가 아니다. 그래서 우리에게는 이유가 필요하다. 어떤 식으로든 이 상황을 받아들일 수 있는 다소 합리적인(것처럼 느껴지는) 이유 말이다. 예를 들면 "무조건 잘해주면 안 되고 밀고 당기기를 잘해야 해." "먼저 전화하지 말고, 먼저 문자도 하지 말고, 적당히 거절할 줄 알아야 해."와 같은 것. 그 결과 우리는 연애의 기술을 고민하기 시작한다.

우리가 찾아내는 또 다른 이유는 '조건'이다. 그 여자가 더 예쁘고 몸매도 좋고, 그 남자가 더 돈도 많고 비싼 자동차를 타고 다니지만 그럼에도 여전히 납득이 되지 않을 때, 우리는 누군가를 비난하기도 한다. "나를 버린 그 남자가 세상에 둘도 없을 나쁜 놈"이고, "나를 떠난 그 여자가 어장 관리를 한 나쁜 년"이 된다. 나중에는 그 화살이 자신에게로 돌아와서 가혹한 자책을 하기도 한다. 결국은 "내가 나빴고, 내가 못났다."로 끝나는 책망이다.

무슨 일이 있었든지 그런 식으로 결론짓는 일은 자신을 깎아먹고 부당하게 벌을 주는 일이다. 게다가 연애라는 쌍방향 관계에서는 더욱 그렇다. 세상에 부당한 일이 얼마나 많은데, 스스로를 부당하게 대할 필요는 없다. 우리는 스스로의 힘으로는 해결이나 해소가 되지 않는 문제 앞에서 자기 탓을 하는 습관을 가지고 있는 경우가 참 많다.

이유를 찾는 일은 좋은 것이다. 도대체 무엇 때문에, 어디가 어떻게 어긋났는지 알면 다음번에는 안 그럴 수 있으니까. 그리고 우리가 찾은 이유가 아주 허무맹랑한 것만은 아닐 것이다. 어떤 일이 잘되지 않은 까닭은 실제로 우리가 찾은 이유 때문일 수도 있다. 연애에는 수많은 변수들이 작용하고, 위에서 꼽은 이유는 개중에서도 꽤 높은 확률로 작용하는 변수들이다.

그런데 당신이 잊고 있는 게 하나 더 있다. 질문의 방향이 완전히 잘못되었을 수도 있다는 사실이다. 그래서 질문의 방향을 잘 잡는 것이 중요하다.

★
★
공
자,
　사
랑
을
　말
하
다

세상을 사랑으로 가득 채우라고 한 건 예수님뿐만이 아니다. 엄격
하고 고리타분한 이미지의 공자님도 사랑을 노래한 철학자 중의
한 명이다. 물론 공자님이 말씀하신 사랑은 연인 사이에만 해당되
는 사랑은 아니다. 공자의 사랑은 모든 인간관계에서 두루 행해져
야 할 사랑이다. 어렸을 때 배운 인의예지신(仁義禮智信)이 사실은 사
랑에 관한 이야기다.

　유학의 뿌리가 되는 개념은 '인(仁)'이고, 인은 나 아닌 다른 사람
을 사랑하는 일이다. 관계에 따라 부모와 자식 사이의 사랑, 임금

과 신하의 사랑 등으로 나누어지기는 하지만 근본적으로는 인간이 인간을 사랑하는 일을 말한다. 이게 연애란 무슨 상관이냐고? 친절한 공자님은 사랑의 방법을 알려준다. 그것도 뭔가를 '으싸으싸' 하는 방향과 나서지 않고 뒤로 물러서는 방향, 두 가지로 나눠서! 아마 노력하는데도 자꾸만 사랑이 멀어지는 성실 남녀에게는 두 번째 방향의 공부가 좀 더 필요하지 않을까 싶다. 노력의 방향을 재고할 필요가 있는 것이다.

공자님이 그랬다. 남한테 잘하는 것도 중요한데 그건 부담이 되기 쉽다고, 차라리 싫은 일 안 하는 쪽이 훨씬 낫다고. 공자님은 이미 알고 있었나 보다. 사랑의 노력도 지나치면 무거워지고, 무거운 곳에 사랑은 머무르지 않는다는 사실을 말이다. 지나치게 예절과 격식을 따지는 것 같지만, 유학의 출발은 의외로 매우 현실적이고 실용적이다. 유학의 기본적인 신조는 모든 사람이 성인, 곧 훌륭한 사람이 될 수 있다는 것이다. 우리 마음 안에는 모두 성인이 될 만큼 착한 씨앗이 있기 때문에, 그 씨앗을 잘 기르면 누구나 훌륭한 사람이 될 수 있다고 믿는다. 그리고 그 씨앗을 키우기 위해 배움이 필요하다고 한다.

사람으로 태어났다고 다 사람답게 살 수는 없다. 사람처럼 살아야 사람답게 산다고 할 수 있을 것이다. 그것을 알려주는 게 배움이다. 머리로만 안다고 사람답게 사는 것은 아니니까 반드시 실천이 필요하다. 예절이란 현실의 상황과 실제의 관계에서 배운 대로 실천하는 일이다. 유학에서 그토록 예절을 중시하는 이유도 그 때문이다.

그런데 배움의 뜻이 어려우면 모두가 따라 할 수 없을 것이다. 구체적이고 쉽게 가르쳐줘야 남녀노소 모두 따라 할 수 있다. 그래서 유학은 모든 방법을 아주 쉽게 제시하고 일상에서 바로 실천할 수 있는 것에서부터 시작한다. 물론 쉬운 방법에서 시작해도 그 단계가 조금씩 올라간다. 어려운 춤을 배울 때와 비슷하다. 어떤 어려운 춤이든 일단은 스텝 밟는 것부터 시작해서 조금씩 어려운 동작을 배우는 단계를 밟아 전체를 익히는 것과 같다.

사랑도 마찬가지다. 그 어렵다는 사랑도 일단은 가장 쉽고 기초적인 방법에서부터 시작하면 된다. 사랑을 위해 제일 처음 밟아야 할 스텝은 무엇일까? 사랑은 다른 사람을 향하는 일이지만, 유학은 그 시작을 '나의 몸'에서 찾는다. 내 몸은 나와 가장 가깝고 익숙하다. 쉽지도 않고 잘 알지도 못하는 일을 매일 평생 할 수 없으니 내 몸을 기준으로 삼는 것이다.

우리는 매일 자신의 몸을 돌본다. 매일 얼굴을 닦고 머리를 감고 손톱과 발톱을 자르고 피부가 상하지 않도록 로션을 바른다. 우리는 알게 모르게 항상 나의 몸에 주의를 기울이며 민감하게 반응하고 있다. 다른 사람을 대할 때도 마치 그 사람의 몸이 내 몸인 것처럼 아픈지 불편한지 편안한지 계속 신경 쓰고, 주의를 기울이는 일이 다른 사람을 사랑하는 일의 시작이다.

★
 ★

이렇게 쉽고 단순한 사랑도 다 같은 사랑은 아니다. 『논어』에서
이야기하는 유학의 사랑법은 적극적인 방법과 소극적인 방법으로
나뉜다. 적극적인 사랑법은 '내가 하고 싶은 것, 이루고 싶은 일이
있다면 그 일을 당신이 먼저 할 수 있도록 해주라.'고 한다. 목이
말라서 물을 마시고 싶으면 상대방이 먼저 마시게 하고, 쉬고 싶
으면 상대방을 먼저 쉬게 해주는 일이다.

　조금 응용하면 이렇게도 말할 수 있다. 상대방이 원하고 바라
는 뭔가를 하도록 돕는 일은 나아가 상대방이 실제로 그 일에서

수확과 기쁨을 얻도록 하는 것이라고. 즉 사랑을 실천한다고 자부하려면 그 사람이 기쁨을 느끼고, 현실적인 이로움을 얻게 해야 한다고 한다는 것이다. 이를 '충忠'이라는 한 글자로 말하기도 한다. 드라마에서 흔히 나오는 장면들, 즉 주인공을 위해 밥도 사주고, 옷도 사주고, 직장도 구해주는 모습처럼, 실제로 그 사람에게 도움이 될 수 있게 하는 일이다.

그에 반해 소극적인 사랑법은 뭔가를 하기보다는 하지 않는 방법으로, '내가 하고 싶지 않은 일이라면 다른 사람에게도 그 일을 시키지 마라.'는 뜻이다. 내키지 않고 불쾌한 일을 상대방에게 시키지 않는 것이 유학이 권유하는 또 하나의 사랑법인데, 다소 소극적인 방법이다.

내가 겪기 싫은 일들을 생각해보자. 메시지에 답장하지 않는 것, 약속 시간이 거의 다 되었는데 일방적으로 약속을 취소하는 것, 데이트 코스를 매번 혼자만 생각해가는 것…. 아무리 좋아서 연애를 한다지만 인간적으로 부담되고 어려운 일은 누구나 있을 수 있다. 나에게 불쾌한데 상대라고 불쾌하지 않겠는가. 그런 일을 상대방이 겪지 않도록 하는 것이 뭔가를 하지 않으면서 사랑을 베푸는 방법이다. 한 글자로 '서恕'라고도 부른다.

이것은 상대방이 실제로 그 일을 겪지 않을 수 있도록 주변 조건을 만들어주는 것으로 확장될 수 있다. 그래서 겉보기에는 하지 말라는 부정적 형태로 표현되는 사랑법이지만 실제로는 어떤 행동을 '하는' 일이 될 때도 있다. 예를 들어 연애할 때 상대방이 오랫동안 연락하지 않거나, 먼저 연락해야만 상대방이 응답하는 상황이 참 싫다고 치자. 그 사람이라고 그런 일이 좋을까? 이럴 때 그 사람이 그런 일을 겪게 하지 않기 위해 내가 알아서 연락을 자주해야 한다.

여기서 더욱 중요한 것은 뭔가를 아예 하지 않는 부정적인 형태의 사랑법이다. 어쨌든 우리는 지금 '나'를 기준으로 생각하고 있기 때문이다. 내가 원하는 것과 상대방이 원하는 것이 반드시 같은 무게, 형태, 색깔이라고 말하기는 어렵다. 그런 점을 섬세하게 고려하지 않고 자기 기분에 취해서 밀어붙인다면 그건 오히려 상대방에게 부담이자 강요다.

특히 좋아하고 바라는 감정은 그 정도와 깊이의 차이가 아주 크다. 예를 들어보겠다. 나는 커피를 좋아한다. 그중에서도 한약처럼 쓴 에스프레소를 좋아한다. 내가 좋아하는 것, 내가 기쁨을 느끼는 일을 상대방에게 해주고 싶다고 상대에게 매일 에스프레소를 사준다고 해보자. 그러나 상대는 달달한 커피만 마시는 스타일이라면 어떨까? 또 나는 야외에서 운동하는 데이트를 좋아하는데, 상대방은 실내에서 조용히 차를 마시며 대화를 나누는 데이트를 즐긴다면 어떨까? 내가 잘해준답시고 아침부터 저녁까지 활발한 야외 활동으로 스케줄을 전부 계획해오는 게 오히려 우리 사이의 진전을 막을 수도 있다.

사람들이 싫어하는 일은 상대적으로 공통적인 지점을 찾기가 훨씬 쉽고, 대개는 비슷하다고 한다. 사람이라면 누구나 추위와 굶주림, 불면이나 신체적 고통을 겪는 일을 싫어하고 꺼린다. 소개팅에 나갈 때 어느 정도가 예의를 갖춘 태도와 옷차림인지 정하기는 쉽지 않지만, 너무 대충 입고 나가거나 건방진 말투를 쓰면 안 된다는 건 누구나 알 수 있다.

'서'가 중요하다는 말은 자세한 기준을 만들어 세세한 행동 하나하나에 점수를 매기려고 하는 의도가 아니다. 당신이 꺼리는 일이 있듯이 상대방도 꺼리는 일이 있으니 가능하면 그 사람이 꺼리는 일을 겪지 않도록 배려하는 일이 중요하다는 것이다. 상대방을 대할 때 마치 나 자신을 배려하듯이 자연스럽게 배려해 그 사람이 싫은 경험을 겪지 않도록 하려는 마음과 실천이 필요하다. 그리고 충과 서를 적절하고 능숙하게 행하기 위해서는 그만큼 상대방에 대한 깊은 관심과 관찰이 필수다.

지금까지의 가르침 중 한 글자만 남기라면 어떤 글자를 남기겠냐는 제자의 물음에 공자는 '서'를 남기겠다고 답했다고 한다. 마음이 적극적으로 가다 보면 적당한 거리감을 잊을 수 있으니 경계하라는 의미가 아닐까 한다. 한쪽에서 무작정 많이 퍼준다고 다른 쪽에서 무조건 응할 수는 없으니 말이다.

너무 노력을 하느니 차라리 가만히 있는 편이 낫다. 사랑과 연애에도 때로는 '쿨링타임cooling time'이 필요하다. 흔히 인기 있다는 나쁜 남자, 기막히게 어장관리를 한다는 나쁜 여자는 바로 쿨링타임을 잘 활용하는 사람들이다. 주변에 그런 인물을 한번 떠올려보라. 아무 때나, 무조건 많이 잘해주는 사람들이 아닐 것이다. 치고 빠질 때를 적절히 알고, 뭔가를 적극적으로 하기보다는 하지 않는 시간을 잘 보낼 줄 아는 사람들이다.

연애 심화반 ─ 사랑에도 공부가 필요해

연애 초보들이 흔히 빠지는 함정 중에 하나는 이런 것이다. '난 무조건 잘해주고 싶고, 하나라도 더 해주고 싶은데 쿨링타임 따위가 왜 필요하지? 그냥 싫어할 짓만 안 하면 되는 거 아닌가? 난 계산하는 사랑은 싫어.' 물론 상대방에게 잘해주려는 마음은 좋다. 그런데 그게 정말 상대방을 위한 '충'의 마음일까?

'나'를 기준 삼아 내가 기쁘고 좋아할 만한 일을 상대가 먼저 경험할 수 있도록 행동하는 것이 충의 핵심이다. 그러나 잊으면 안 된다. 상대방의 기분과 내 기분, 상대방의 생각과 내 생각이 무조건 같을 수는 없다는 점을. 상대방에 대해 알지 못한 채 무조건 '내가 좋아하는 마음'만 따라가는 건 전혀 상대방을 기쁘게 하는 배려가 될 수 없다. 그런 건 오히려 나의 마음만 채우려는 이기적인 태도가 되기 쉽다.

관계는 쌍방향적이다. 당신이 오늘 데이트에 매우 만족했다고 해서 상대방도 그러리라는 법은 없다. 당신은 애썼고 성실했다고? 누구를 위해 무엇에 충실했는가? 매번 노력하는데도 잘되지 않는다면 한 번쯤은 상대방이 당신과 모든 것을 똑같이 느낀다고 착각하고 있었던 것은 아닌지 돌아볼 필요도 있다.

그렇다면 '서'의 태도로, 그 사람이 싫어할 만한 일을 하지 않는 쪽에 힘을 쏟는다면 조금 나을까? 연애 초보들은 쓸데없는 행동이나 부담 주는 행동을 안 하려다가 눈치만 보게 되는 함정에 빠지기 쉽다. 자기주장이나 취향은 잘 드러내지 않고 눈치만 보는 사람과 함께 있어본 적 있는 사람은 알 것이다. 그게 사실은 굉장히 불편하다는 것을. 불편한 사람과 관계를 계속 유지하려는 사람은 매우 드물다. 상대방을 아주 많이 좋아하는 게 아니라면 대개는 더 피곤해지기 전에 물러서려고 한다.

내가 기준이 되어서 남을 헤아리는 일은 상대방을 알아가는 가장 쉬운 길이기는 하지만, 나와 상대방이 같을 것이라고 믿는 모험을 감수하는 길이기도 하다. 나와 상대는 직접적으로 연결되어 있지도 않고, 둘이 한 몸도 아니다. 그래서 어쩔 수 없이 나에서부터 상대방에게로 나아가야 한다. 다만 그렇게 나아가기 위해 밟는 그 계단 어딘가가 부실하게 만들어졌을 가능성을 무시할 수 없다. 충분한 근거도 없이 혼자 단정 지으면 부실 공사로 이어지는 것이다.

'나'에서 출발하는 것은 좋다. 내가 있어야 내가 사랑하는 사람도 있는 거니까. 그러니 일단 나 자신에서 출발하는 게 맞기는 하다. 그러나 나를 기준으로만 행동하면 한쪽으로 치우치기 쉽다. 태어날 때부터 완벽한 균형을 타고났다면 모를까, 나와 너의 쌍방 관계에서 중심에 나만 두면 관계의 저울이 기우는 것은 당연하지 않을까?

무조건 들이대거나 아니면 상대방에게 1%의 여지도 남기지 않고 빈틈을 보여주지 않고 있다면, 이제 나만 보는 것이 아니라 나 이외의 바깥 것들을 보고 관찰할 필요가 있다. 치우치지 않은 지혜를 얻을 때까지 꼼꼼히 따져보고 궁리하는 것이다.

'격물치지格物致知'의 태도가 바로 그런 식으로 공부하고 노력하는 방법이다. 나의 바깥에 있는 것을 열심히 탐구하면서 배우는 방식이다. 연애에 이 공부법을 대응해보면 이렇게 말할 수 있겠다. 첫째 관찰, 둘째 일반화, 셋째 고수의 의견 경청.

일단 단순한 관찰부터 시작해보자. 나는 술자리에서 어울리는 것 자체가 피곤하지만 그 사람은 술자리에서 자신이 뒤치다꺼리를 해야 할 때가 아니면 그다지 불편해하지 않고 잘 즐기는 편이라거나, 나는 충고를 듣는 것을 좋아하지 않지만 그 사람은 충고를 잘 듣고 오히려 조언을 찾아다니는 사람이라거나 하는 점 등이 있을 수 있다. 서로 다른 사람이니까 차이점도 많을 것이다. 차이점을 뭉개지 말고 상대방의 반응을 잘 살펴서 그에 맞는 반응을 해주자. 내 마음이 상대의 반응보다 지나치게 앞서 나가지 않도록 내 마음 바깥을 살피고, 그 후에 반응하는 노력이다.

그러다 보면 그 사람의 반응 패턴이 보일 것이다. 이 사람은 보통 선배와 함께 있는 자리에서는 이런 식의 행동을 하는구나, 술자리에서는 이런 것을 좋아하는구나 하는 식으로. 그리고 여러 사람의 공통점도 보일 것이다. 공통점을 찾을 때 유념해야 할 것은 내가 원래 알았던 틀에 남들을 끼워 맞춰 섣불리 단정하는 게 아니라, 충분한 관찰에서 얻은 증거를 바탕으로 논리적인 추리를 해야 한다는 점이다. 일단 관찰한 다음에는 본 것들을 차근차근 정리하고 생각하는 일도 필요하다.

또 하나, 연애 센스가 있는 고수를 잘 관찰하는 것도 노력과 성실함 외에 크게 무기가 없는 연애 초보에게 꽤 괜찮은 방법이다. 다만 어떤 사람의 방식이 나에게도 반드시 유효할 거라는 기대는 금물이다. 무턱대고 따라 하면 황새 따라가다 가랑이 찢어지는 뱁새처럼 역효과가 날 수도 있다. 연애를 드라마나 영화로만 배운 사람이 이런 실수를 하기 쉽다.

어찌 되었든 연애 고수를 관찰하고 따라 시도해볼 때도 하나만 보기보다는 최대한 많이 관찰해서 일반적인 특징을 찾아낼 수 있으면 더 좋겠다.

연애에서 을이라니

그저 먼저 좋아했을 뿐인데

사람들은 흔히 연애에서는 더 좋아하는 사람이 손해라고 말한다. 이 말을 더 극단적으로 표현하면 "헌신하다 헌신짝 된다."라는 말이 된다. 상대방에게 지나치게 맞추려고 하는 당신에게 친구들이 말하지 않던가? "너무 잘해주지 마, 금방 질려 하고 네가 해주는 게 당연한 줄 알아."라고. 그런데 당신은 그 말을 한 귀로 듣고 한 귀로 흘려버렸을 거다.

　게다가 순진한 당신은 이렇게 생각하곤 한다. '내 마음은 진심이니까 괜찮아. 진심은 어디서나 통한다고 했으니까.' 이를 어쩌나, 연애에서 진심이 전부는 아니다. 진심이 전부라면 이 세상에 모태솔로는 왜 있으며, 실연의 아픔을 겪는 사람들과 짝사랑하는 사람들은 왜 있겠는가? 그 사람들의 마음이 진심 아닌 가짜라서 연애를 못하는 건 아니다. 진심이 중요하기는 하지만 때로는 진심이라는 말에 눈이 멀고 귀가 멀어서 사실은 진실이 아닌 길로 걸어가는 걸 스스로 알아차리지 못하는 경우도 많다.

진심으로 성실하게, 몸과 마음을 다해 헌신하는 일은 좋아 보인다. 그런데 그 헌신이 사실은 자기를 갉아먹고, 더 이상 기쁘지 않고, 괴롭고 힘들다면 관계를 오래 지속할 수 없다. 당신의 헌신은 어쩌면 헌신이 아니라 그저 '을' 노릇을 자처하고 있는 것일지도 모른다.

더 좋아하고 더 잘해주면 연애 관계에서 을이 된다고 한다. 확실히 더 좋아하는 사람이 감정적으로 힘들 확률이 높기는 하다. 아무래도 더 많이 좋아할수록 더 많이 참고 배려하고 헌신하게 될 테니까. 많이 집중하고 노력한다는 것은, 그 노력과 수고만큼이나 속을 끓이고 상처받을 일이 많다는 뜻이기도 하다.

그렇다면 먼저 좋아한 사람이 더 많이 배려하고 더 많이 좋아해야 할까? 먼저 좋아하기 시작해서 더 많이 좋아하면 그게 바로 연애 관계에서 '을'이 되는 걸까? 그럴 바에는 마음을 꽁꽁 싸매고 좋으면서 싫은 척하거나 아예 덜 줘야 할까?

사람들은 종종 잊고 지낸다. 먼저 접근하고 호감을 나타내고 결정적인 발전의 계기를 만드는 일과 더 좋아하는 일은 별개라는 사실을. 더 좋아하는 것과 누구 한 명이 일방적으로 져주기만 하는 관계는 서로 다르다는 것도 말이다. 시작할 때의 감정 차이가 그대로 이어지는 커플도 있지만 감정의 속도나 크기의 흐름이 역전되는 커플도 많다. 처음에는 저 사람이 나 좋다고 쫓아다녔는데 지금은 변해도 너무 변했다고 한탄하는 경우도 많고, 서로가 서로를 더 좋아한다고 생각하면서 지속되는 연애도 많다.

연애의 시작이나 남의 눈에 보이는 두 사람은 오히려 중요하지 않다. 그 시작이 어떻든, 어떤 형태의 연애든, 어떤 사람과 만나든 연애가 갑과 을의 관계로 탈바꿈하는 것은 '나만 아는 사람'과 '나 스스로를 깎아내리는 사람'이 만났기 때문이다. 갑을 관계는 갑만 있다고 가능한 일이 아니라, 반드시 을도 있어야 성립되는 관계다. 연애에서의 갑과 을도 마찬가지다. 어느 한쪽이 일방적으로 나빠서 나머지 한쪽을 일방적으로 쪼아대는 관계는 오래갈 수 없다.

그런 관계가 오래 지속되고 있다면, 다른 한쪽이 그런 관계를 허용하고 있다는 뜻이기도 하다. 갑은 을이 있어야 갑이 될 수 있으니까. 직장에서 갑은 돈이라도 쥐어주는데, 연애에서의 갑은 글쎄다. "네가 좋아해서, 원해서 한 거 아니야?"라는 비정한 말로 입 싹 씻기 쉽다.

노력과 무리의 차이

내가 언제부터 을이었지?

처음에는 아주 단순하고 사소한 것에서 시작한다. '그 사람이 내가 이런 옷 입는 게 별로라고 했지, 그러면 오늘은 다른 옷을 입어볼까?' 하는 예쁜 마음에서 시작했다. 좋아하는 사람을 위해 한 번 더 신경 쓰고, 한 번 더 배려하고, 그 사람을 기쁘게 하는 쪽으로 행동하고, 마음 상하지 않게 행동하는 일은 그다지 어렵지 않다. 상대를 좋아하고 관계를 위해 노력할 준비가 되어 있는 사람이라면 누구나 하는 행동이다. 하는 사람도 받는 사람도 좋고, 서로 자기주장만 내세우며 매일 싸우는 것보다 다른 사람이 보기에도 훨씬 좋아 보인다.

그런데 그 사람을 위해 마음 쓰는 일이 지나치면 무리가 되기도 한다. 감당할 수 없는데, 계속 이어나갈 수 없는데 스스로를 누르고 계속하려고 한다면, 당신은 이미 무리하는 중이다. 내가 한 번 참으면 되니까, 좋아한다면 이 정도는 해야 할 것 같으니까. 처음에는 이렇게 참는 게 연인 간의 애정을 증명하는 일처럼 느껴지기도 한다. "자기야, 나를 위해 이 정도만 해주면 안 될까? 나는 자기가 ~할 때가 더 좋던데."

연인 간의 투정은 사랑의 표현이기도 해서, '남'이 아니라 '님'이기 때문에 부릴 수 있는 투정들이다. 마치 어린 시절 엄마에게 어리광부리는 것처럼 말이다. 어른이 어리광을 부릴 수 있는 상대는 연인뿐이지 않은가. 연애 감정이나 관계는 유치함과 아이 같은 마음 없이는 불가능하다. 상대방이 직접 요구하지 않아도 스스로 그 마음을 헤아리고 먼저 맞춰주기도 한다. 이런 게 연애고, 이런 게 사랑이라고 믿기 때문이다.

예전에 나는 옷차림이나 화장법부터 시작해서 동성 친구들끼리 떠나는 여행조차 가지 못하고 상대방이 정한 통금 시간에 맞춰 집에 들어가던 사람을 본 적이 있다. 문제는 옷차림이나 통금시간이 아니라, 점점 '나다운 생활'은 사라지고 그 사람이 원하는 애인으로의 삶만 남게 된다는 데 있다. 좋아하는 사람을 위해 뭔들 못할까만, 내가 없어지고 상대방이 원하는 나만 남아버리면 그건 자웅동체 관계지, 연애가 아니지 않을까?

　무리하고 있는지 아닌지를 정하는 기준은 단순하다. 자기 마음이 불편하고 웃을 수 없으면 무리하고 있는 게 맞다. 어디까지가 노력이고 어디서부터 무리하는 것인지, 객관적인 기준 같은 건 없다. 남에게 물어보지 말고 스스로에게 물어보라. 무리하는 건 귀찮은 것과 다르다. 누가 말해주지 않아도 자기 자신이 잘 알 수 있다.

　똑같이 시간과 힘을 들여도 특별히 의식되거나 거슬리지 않는다면 괜찮다. 그런 건 함께 잘 지내보려고 하는 노력이다. 기꺼이 하고 싶어서, 혹은 내키지 않더라도 이 행동이 서로를 위하는 일이라는 것을 자연스럽게 받아들이고 움직이는 일 같은 것 말이다. 남들이 보기에 너무 큰 변화이자 쉽지 않은 일이라 하더라도 당신이 원하고 납득하고, 마음에 불편함이 없고, 건강한 기쁨으로 느낄 수 있다면 그것은 노력이다. 그리고 사랑으로 인한 자연스러운 변화이기도 하다.

　반대로 남들이 보기에는 아무리 사소한 일이라도, 당신 마음이 내키지 않고 불편하다면 그게 바로 무리한다는 신호다. '서로 다르구나, 그렇게 하는 건 안 될 것 같은데.'라는 생각에서 끝나지 않고 '내가 유별난가?' 하는 식으로 계속 의심하고 있다면 당신은 이미 무리하고 있는 게 맞다. 둘이 만들어가는 관계인데 '나만 부족하고 나만 나아지면 될 것 같은 기분'이 지속되는 것은 "너 지금 무엇을 왜 하고 있니?"라고 몸과 마음이 말을 건네는 것이다.

갑과 을의 관계

강요하고 강요받는

나와는 다른 남과 만나서 좋은 관계를 만들어가는 일이 쉬울 리 없으니 가끔은 무리할 수도 있다. 어떻게 사람이 자기 좋고 편한 일만 하고 살겠는가. 하지만 무리가 일상이 되면 더 이상 무리로 남지 않는다. 일방적으로 요구된다면 더더욱 그렇다. 당신만 노력 하고 상대는 노력하지 않는다거나, 당신이 불편한 것은 상관없고 상대방이 불편한 것만 상관있다면 그 관계는 가끔 무리하는 게 아니라 대부분 무리하고 가끔 노력하는 관계다.

자기 뜻만을 강요하는 상대에게는 항상 이유가 있다. 살인에도 이유가 있다는데 그 사람이라고 이유가 없을까. 그 이유는 세상 사람들이 말하는 것과 맞아떨어지기도 한다. "내가 너무 힘들어서 그래. 내 생각 좀 해줄 수 없니? 길 가는 사람 붙잡고 물어봐. 모두 다 내 말이 맞다고 할 걸?"

그런데 세상 사람들 모두와 연애하는 건 아니다. 연애는 일대일 관계다. 일대일 관계에서 상대방의 마음은 아랑곳하지 않고 노력해주기만을 강요하는 건 연애 관계에도 악영향을 미칠뿐더러 한쪽을 억압하는 일이 된다. 스스로 원하지 않는 불편한 일을 타인의 의지 때문에, 타인과의 관계가 무너질까 봐 두려워서 한다면 그건 연애가 아니라 조건에 따른 관계다.

세상에는 다양한 형태의 연애 관계가 있으니 그런 관계도 연애일 수는 있다. 하지만 권하고 싶지는 않다. 그것마저 좋다고 하는 사람은 일종의 자학을 즐기며, 자학으로 뛰어드는 셈인데 언제까지 버틸 수 있을까. 연애도 에너지가 있어야 하는데, 연애가 오히려 자신을 갉아먹으니 오래갈 수 없는 게 당연하다. 사랑하는 일은 일방적인 희생이나 헌신으로는 불가능하다. 그런 관계는 더 이상 상호 교류가 될 수 없으니까. 그렇게 무리해야지만 유지되는 관계는 더 이상 연애가 아니라 본부장과 사원의 관계, 더도 덜도 아닌 갑을 관계일 뿐이다.

갑과 을로 남아 있는 이상 우리는 서로의 인간성을 보고 관계를 유지하지 않는다. 갑과 을은 계약 조건을 잘 이행하는지에 따라 관계를 지속하거나 단절하게 된다. 마치 이런 상황이다.

"사장님, 참 좋은 분이시죠. 우리가 같이 일한 지 오래됐잖아요. 근데 사장님도 제 사정 잘 아시죠? 월말까지 입금 안 되면 어쩔 수 없습니다. 다음번엔 다른 곳이랑 계약할 수밖에 없어요." 사장이 아무리 좋은 사람이어도 어쩔 수 없는 것이다. 사람이 좋다고 해서 아무런 대가도 받지 못한 채 뼈 빠지게 일할 수는 없다. 먹고살아야 하니까.

계약은 해지하면 그만이다. 갑과 을의 관계에서는 인간적인 정이 아니라 계약의 '조건'이 관계의 기준이다. 사실 조건에 따라 계약을 이행하는 관계는 꼭 나라는 사람이 아니라도 가능하다. 나와 너라는 사람이 아니라 조건을 중심으로, 조건을 앞세워서 만들어지고 그것을 토대로 상대를 평가하고, 관계의 다음을 생각하는 만남이 갑을 관계의 핵심이다. 게다가 을과 을, 갑과 갑이 아니라 갑과 을이 만나면 관계를 좀 더 혹독해진다. 갑과 을은 서로 권리를 가지고 행사하는 동등한 관계처럼 보이지만(일단 도장은 둘 다 찍었으니까), 실제로는 그럴 수 없다는 사실을 우리는 이미 뼈저리게 느끼고 있다.

동등하지 않은 관계에서 자유롭고 인간적인 친교란 불가능하다. 마님이 머슴한테 새경을 주는 것과 머슴이 마님을 위해 장작을 패주는 일이 같지 않은 것처럼. 같은 수고를 해도 누군가는 대접을 받고 감사를 받지만 다른 누군가는 눈치를 보기 마련이다.

더 슬픈 건 갑을 관계가 개인적인 관계인 연애에서 반복될 때다. "내가 당신이 원하는 기준이나 조건에 맞지 않는다면 더 이상 날 사랑하지 않을 건가요? 당신에게 맞춰주지 않으면 우리의 연애는 지속될 수 없는 걸까요?"라고 묻는 연애를 하고 있지는 않은지 생각해보자. 서로 영향을 주고받으며 자연스럽게 변화하는 관계가 아니라, 계속 애를 써야만 만날 수 있는 관계라면 그건 그냥 갑을 관계일 뿐이다. 자신의 뜻대로 사는 게 아니라, 상대방의 뜻대로만 산다면 그건 참다운 내가 아닌 데다 상대방에게는 나 아닌 다른 누구여도 괜찮을 것이다.

★
★

외
로
움
을

낳
는
다

무
리
한

관
계
는

사람은 누구나 스스로에게 자부심을 갖고 싶어 하고, 그 마음을 남에게도 인정받고 싶어 한다. "난 괜찮은 사람이야, 할 수 있는 사람이야." 그런데 타인은 인정하지 않으면서 자신을 인정해달라고 강요한다면 어떨까?

독일의 철학자 헤겔은 남을 인정하지 않고 자기만 인정하면서 다른 사람을 휘두르려는 사람을 '주인'이라고 부른다. 반대로 자기 스스로를 인정하지 않으면서 다른 사람 뜻대로 행동해야 하는 사람은 '노예'라고 한다. 노예제도가 있던 시절의 주인과 노예 관계가 바로 그랬다. 주인은 언제나 자기 뜻대로 할 수 있고, 노예를 한 명의 사람으로 대우하지 않았다. 반면 노예는 모든 일에 자신의 뜻이란 없고 주인의 뜻대로 해야 한다.

주인은 노예에게 안정적인 숙식을 제공하고, 노예는 주인이 시킨 일을 무사히 마치기를 원한다. 그러면 주인은 노예를 칭찬하고 상을 줄 테니까. 헤겔이 있던 시대는 이미 신분제도가 폐지된 때이니 헤겔이 가리키는 주인과 노예 관계는 현실의 노예제도를 말하는 게 아니다. 헤겔이 말하고자 하는 건 마음과 태도의 문제다. 우리가 여기서 이야기하고 있는 연애 관계의 갑을도 같은 맥락이다. 일방적으로 사랑과 삶의 기쁨을 주는 주인과 그런 주인의 은혜를 얻기 위해 갖은 애를 쓰는 누군가가 만났을 때를 말한다.

연애에서 무리를 하는 사람은 보통 마음이 약한 편이다. 스스로를 못 믿고, 자기만 빼고 다른 사람들은 다 멀쩡하게 잘 살아가고 있는 것 같고, 자기만으로는 부족해서 반드시 다른 누군가의 조언이나 지도가 필요하다고 믿는 사람일 가능성이 높다. 자기 역시 다른 사람에 뒤지지 않고, 자기 뜻대로 노력하면서 살 수 있는 사람이며, 자기가 가진 특유의 개성이나 습관이 오히려 다른 사람에게 매력으로 보일 수 있다는 사실을 믿지 못하는 마음 약한 사람들은 갑이 되었든 을이 되었든 간에 뭔가 강력한 기준이 있기를 바라며 그 기준에 따르려고 한다. 그게 더 편하고 안전하게 느껴지기 때문이다.

함께 있을 때 자기 중심을 잡는 것에 익숙하지 않아서 자신만 내세우거나, 타인의 기준에 자신을 끼워 맞추려 할 때가 바로 연애 관계에서 갑과 을이 시작되는 순간이다. 관계를 잘 만들어가기 위해서가 아니라, 자신의 약한 마음을 감추기 위해 남의 눈치를 보게 되면 갑과 을의 관계로 흐르기 쉽다. 그런 관계가 심화되면 나중에는 을이 그 관계에 매달리게 된다. 삶의 보람이나 스스로에 대한 자부심이 결국 갑을 통해서만 확인될 테니까.

재미있는 건 헤겔이 말하는 주인과 노예 관계, 갑과 을 관계에 놓인 사람들은 어느 쪽도 진정한 만족을 느낄 수 없다는 점이다. 만나기는 만나는데 마음이 채워지지 않는다. 갑과 을 모두 외롭다고 느끼는 관계가 되어버린다. 일단 을은 자기 자신을 억눌러야 하고, 멋대로 자신을 휘두르는 사람과 함께하니 관계가 즐거울 리 없다. 갑은 상대방이 무리하고 있다는 사실조차 알아차리지 못하는 경우가 많다. 을이 매일 그런 모습을 보여주니까 원래 그런 것이라고 당연하게 받아들이기 쉽기 때문이다.

그렇다고 갑이 그 관계에서 충분히 만족하는가 하면 의외로 그렇지도 않다. 상대방이 맞춰준다는 것은 감사한 일이지만, 맞춰주는 걸 당연하게 받아들이는 입장에서는 오히려 귀찮은 어린아이를 하나 떠맡은 기분이 들기도 한다. '이 사람은 자기 기준도 없나?' '자기 개성이나 자기만의 방식은 없나?' 같은 생각이 드는 것이다. 태어날 때부터 예쁜 공주에게 약하고 못난 추종자가 "공주님, 아름다워요!" 해도 와 닿지 않는 것처럼. 상대방이 자기와 같은 선상에 있는 것이 아니라 자기만 한참 앞서 있다고 생각하니까 함께하는 재미를 느끼지 못한다.

게임을 할 때 한쪽만 일방적으로 이기면 서로 재미를 느끼지 못한다. 이기지는 못해도 도전할 만큼의 실력은 되어야 하지 않을까? 정말 괜찮은 사람과 견줄 때 비로소 자신이 잘난 존재라는 사실이 확인될 테니까. 이런 관계는 얼핏 보기에는 갑에게 일방적으로 좋은 관계처럼 보일지라도 사실 두 사람 모두에게 득이 되지 않는다. 둘 다 지금 있는 곳에 만족하지 못하고 자꾸 다른 쪽을 보거나, 매달리게 될 것이다.

외롭고 슬프고 공허한 관계다. 한쪽에서는 무리할 정도로 엄청 노력하지만 둘 중 누구도 기쁘고 충만한 감정을 느끼지 못한다니 말이다.

★
★

무리를 해서라도 잡고 싶은 그 사람

연인이 만나서 1년 이상 설레면 연애 감정이 아니라 그냥 심장병이라는 우스갯소리가 있다. 설렌다는 말을 어떻게 해석하느냐에 따라 다르겠지만, 만일 설렌다는 말이 나를 잊을 정도로 긴장하고, 나보다 그 사람의 기준이 우선이 되어서 그 사람의 마음에 들기 위해 무리하고 있다는 뜻이라면 병이라는 말이 맞다. 그 관계는 더 이상 연애가 아니라 병적인 갑을 관계다. 심지어 일방적으로 갑이 을을 착취하는데도 을은 괴로우면서도 좋다고, 더 노력하겠다고 하는 관계다. 괴로운데 계속 더 하려는 사람, 우리는 보통 그런 사람을 '변태'라고 부른다.

무리라고 생각될 정도로 노력하고 있다면, 연애관계에서 을의 입장을 자처하고 있다면 이제는 그 노력을 자신에게로 향하게 하자. 그리고 가능하면 나 자체로 충분하고 이제부터 함께 관계를 만들어간다고 생각하게 하는 사람을 만나자. 같이 있으면 가장 자기다울 수 있고, 그게 즐겁고 당연해서 '함께' 다음 단계를 그려볼 수 있는 사람을 만나자.

물론 당신을 자꾸만 을로 몰고 가는 사람이 더 매력적으로 느껴질 수도 있다. 닿을 듯 닿지 않는 세계가 욕망을 더 자극하는 법이다. 하지만 모든 인연이 전부 좋은 인연은 아니다. 자극의 강도에 속지 말자. 좋은 인연보다 악연이 더 강렬한 느낌을 준다는 말이 있다. 불량식품의 맛이 더 자극적인 것처럼 악연은 자극적이고 유혹적이다. 악연이 아닌 몸이 편안하고 마음이 고되지 않은 건강한 인연을 찾아야 한다. 언제까지 무리할 수는 없다. 가면을 쓴 연극은 언젠가 끝나기 마련이다.

어떻게 해서든지 그 사람의 마음을 얻고 싶고 그 사람 곁에 머물고 싶은가? 아니다. 무리하는 건 좋은 방법이 아니다. 장기적으로 봤을 때는 더욱 그렇다. 연애라는 건 단순히 상대방 마음에 든다고 계속할 수 있는 일이 아니다. 칭찬받고 예쁨받는 관계는 부모님이나 선생님, 친구, 사장과도 맺을 수 있는 관계다. 게다가 사장은 일 잘해서 회사에 도움이 되면 보너스도 준다. 당신이 연애에서 원하는 것이 그런 보상인가? 그렇다면 꼭 이 사람, 이 관계가 아니어도 가능하다. 덜 무리하고도 칭찬받을 수 있는 관계를 찾아보길 바란다.

그 사람의 기준에만 따르면 당신 스스로도 괴롭지만 그 사람에게도 멋있어 보이지 않는다. 눈치만 보는 사람은 매력이 없다. 연애란 뻔한 듯해도 예측 불가능한 맛이 있어야 계속되는 법이다. 이른바 밀고 당기기란 그런 이야기다. 자기 기준 없이 움직여 쉽게 예측할 수 있는 상대의 모습, 나에게 모든 것을 맞추는 상대의 모습을 보면서 과연 매력을 느낄 수 있을까?

이것만큼은 기억하면 좋겠다. 연애는 두 사람이 함께 만들어가는 드라마라는 사실을. 어느 한 사람은 주연이고 다른 사람은 조연이라면 좋은 작품을 만들 수 없다. 두 사람 모두 동등한 주인공이어야 한다. 두 배우가 공동 주연을 맡은 작품을 봐도 어느 한쪽이 다른 쪽에 밀리면 이야기 전체의 균형이 잘 맞지 않고, 그만큼 드라마의 재미가 반감되지 않던가. 서로 다른 매력을 뽐내며 팽팽하게 맞붙어야 화학 작용이 생기고 상승효과가 발생한다.

상대방의 마음을 얻고 싶고, 상대방에게 멋진 연인이 되고 싶다면 자기를 잊거나 버려서는 안 된다. 혼자만 설레서는 연애를 할 수 없다. 그 사람도 나에게 설레야 한다. 많은 사람들이 친구의 문턱에서 좌절하고 연애로 넘어가지 못하는 이유는 혼자 시작하려 했기 때문이다. 연애는 준비된 놀이기구에 타는 것이 아니라 두 사람이 함께 두 사람만의 유원지를 만들어가는 일이라는 것을 잊지 말자.

· 4부 ·

연애의 기대와 희망

가끔 사는 게 엄청 피곤할 때가 있다. 잠을 72시간째 못 잔 것 같은 날들이 이어지고 숨 쉴 구멍이 그리워지는 기분이다. 몸이 멀쩡하지 않은데도 일상적인 업무와 관계를 유지해야 해서 점점 지쳐가는 자신의 모습이 보이면 덜컥 무섭고 불안해지기도 한다. 이 상태로 계속 지내다 보면 스스로를 망가뜨리고 점차 수렁으로 빠질 것 같다. 이런 날들이 이어지니 그냥 아무도 없는 산속에 혼자 있고 싶어진다.

인생의 그런 시기에는 숨어 있기 좋은 방이 절실해진다. 나를 피곤하게 만드는 모든 것을 차단하고 숙면을 취할 수 있는 곳이 필요하다. 기력을 보충할 때까지 하루 이틀이라도 그 방 안에 계속 머물 수는 없을까? 연애를 할 때도 그렇게 연인을 만날 수는 없을까? 쉬고 싶을 때 쉬어갈 수 있도록 그가 내 곁에 있어주면 안 될까?

어린아이들은 어둡고 좁은 곳을 좋아한다. 식탁 밑이나 옷장과 벽 사이의 아주 좁은 틈에 자꾸 들어가서 부모님을 곤란하게 만들기도 한다. 어둡고 좁은 곳에서 안락함을 느끼는 것은 아이들뿐만이 아니다. 아이들이 자신만의 좁고 어두운 비밀 공간으로 들어가는 것처럼, 잘 만나다가도 갑자기 연락을 끊고 자기만의 동굴로 들어가는 사람이 있다.

자주 그렇게 행동하면 연인 사이에 교류하기가 어려워지니 문제가 된다. 하지만 더 큰 문제는 연애 자체를 자기 자신의 동굴로 삼을 때다. 물론 서로 기대기도 하고 할퀴기도 하는 게 인간관계지만, 처음부터 끝까지 쭉 남에게 기대고 숨으려고만 하는 사람이 있다. 그런 습관이 붙은 지 오래되면 자기가 원래 그런 성격이라고 착각하기도 한다.

그런 사람들은 연애를 할 때도 숨어 있기 좋은 방을 찾는다.

도망갈 수 있는 동굴로 숨듯이 연애를 하고 상대방을 대한다. 아예 연애가 원래 그런 것이라고 생각하기도 한다. 정말 그럴까? 내가 찾은 동굴이 정말 숨어 있기에 안전한 장소일까? 그리고 연애란 원래 그런 것일까?

플라톤의 『국가』에 나오는 비유를 각색해 예를 들어보겠다. 동굴에서 태어나 살다가 동굴에서 죽는 사람들이 있다고 하자. 일생 동안 단 한 번도 밖으로 나갈 수 없도록 쇠사슬로 손발이 묶여 있다. 평생 사지가 붙들린 채 살아서 고정된 자세가 익숙한 사람에게 이제 다시 고개 돌려서 빛을 바라보라고 한다면 사람들이 좋아할까? 기뻐하기는커녕 어둠에 익숙해진 눈은 빛을 보기가 너무나 고통스러울 테고, 굳어 있던 고개를 돌리고 몸을 움직이는 일이 너무 힘겨워서 오히려 도망가고 싶을 것이다. 그래서 사람들은 다시 동굴 속으로 돌아가고 싶어 할 가능성이 높다.

당신이 찾은 숨어 있기 좋은 방, 따뜻하고 안심되는 연인의 품속이 바로 그런 동굴일 수 있다. 지금 당신은 스스로 눈을 가리고, 귀와 입을 막고, 사람의 기능을 다 발휘하지 않으며 사는 삶이 편안하고 진짜라고 생각하는 중인지도 모른다. 하지만 달콤하고 안전하지만은 않은 것이 세상의 진실인데, 그 진실을 혼자 외면한다고 세상이 바뀌지는 않는다.

언제까지나 빛에서 도망가 어둠 속에 있을 수만은 없다. 평생을 숨어 살 수는 없기 때문이다. 그 사람이 당신을 아무리 사랑한다고 해도 전지전능한 신이나 초인간적인 슈퍼맨은 될 수 없다. 거짓은 언젠가 깨지기 마련이다. 동굴 안으로 도망가고 숨는 일이 잠깐은 편해도 정말로 자유롭지는 않다. 지금 당장 조금 편하려다가 평생 구속되기 십상이다. 게다가 언젠가 다시 빛을 마주해야한다는 두려움과 불안이 항상 함께할 수도 있다. 도망자들의 심리가 다 그렇듯이.

일본 드라마 〈프라이드〉에 "상냥한 남자를 좋아하는 여자를 조심해."라는 대사가 나온다. 상냥한 사람이 좋은 건 자기 안에는 상냥함이 부족하기 때문에 바깥에서 찾으려고 하는 태도라는 이유에서다. 안전한 동굴이나 숨을 곳을 찾는 일은 나쁘지 않다. 하지만 자기 안에서 찾지 못하고 바깥에서만 구하려고 한다면, 정작 자신은 상대방에게 그런 장소가 되어줄 수 없다면 자기 마음의 허기를 채우기에 바빠서 상대는 배려하지 않는 연애를 하게 되는 것 아닐까? 그런 건 사랑도 아니고, 둘이 함께 좋은 연애관계도 아니고 '나만 좋고, 너는 나를 좋게 만들기 위한 도구'인 관계다. 쉽게 말하면 상대를 이용하는 관계다.

연애를 무섭고 어려운 세상살이의 도피처로만 여기고 있지는 않은지 생각해보자. 당신이 연애의 상대를 자꾸 바꾸고, 상대에게 의지를 넘어서 의존하려 든다면 한 번쯤 돌아볼 필요가 있다. 당신이 정말 원하는 것이 상대방인지, 아니면 누군가와의 관계에서 얻는 보호막인지 말이다.

"너 없이는 안 돼."라는 말은 상대방을 얼마나 깊이 사랑하는지에 대한 증거가 될 수 없다. 특히 그 말을 의기양양하게 무기처럼 내세우며, 상대방이 맞춰주고 많은 것을 해결해주기를 바라는 관계에서는 더욱 그렇다. 노예제 사회에서 노예가 없으면 주인은 주인다운 삶을 유지하지 못한다. 주인이 주인답게 살기 위해 노예를 막 부리지 않고 예뻐하며 위해준다고 한들, 그게 노예를 사랑하는 일일까? 아니다. 그냥 친절한 것뿐이다.

"내가 멀쩡하게 살려면 반드시 당신이 필요하다."라는 말은

'나의 삶에 당신이 언제나 함께하면 좋겠고 꼭 그렇게 될 수 있도록 계속 당신과 함께하겠다.'라는 로맨틱한 고백일 수 있다. 하지만 사랑의 탈을 뒤집어쓴 채 다른 사람을 빨아먹지 않고서는 사람 구실을 할 수 없는 뱀파이어식 관계일 가능성도 높다. 인간은 뱀파이어의 먹이일 뿐 뱀파이어와 동등한 관계가 될 수 없다. 그런 관계를 두고 '이용', 더 심할 경우 '착취'라고 한다.

조금이라도 어렵고 난처한 일이 있으면 바로 연락을 취하고, 기쁜 일이든 슬픈 일이든 함께 나누려고 한다고? 그 사람과 자주 만나고 수다 떨고 서로의 일상을 공유하는 일이 좋다고? 긴장하지 말자. 그건 보통의 연애가 맞다. 자꾸 그립고, 보고 싶고, 나누고 싶고, 더 가까워지고 싶고, 그런 것들이 일상이 되는 게 연애다. 그런데 여기서 더 나아간 관계 방식이 있다.

'나는 아니라고 할 수 있어도 너는 나에게 아니라고 하면 안 되는 관계'들이다. 그 관계에 놓인 사람들은 주로 즉시 연락이 안 되거나 메시지에 곧바로 답장이 안 오면 파르르 떨며 상대방의 마음이 식었나 의심하고, 자신을 소중하게 여기지 않는다고 생각한다. 기쁘고 즐거울 때보다 힘들고 어려울 때만 상대를 찾기도 한다. 상대방을 사랑해서 자신의 속을 기꺼이 보여주는 특권을 주었으니 자신의 히스테리와 우울함에 찌든 생각들을 상대방이 다 들어줄 의무가 있다고 믿는 경우도 있다. 그리고 자신이 힘들 때는 상대방이 어디에서 누구와 있든 동아줄이 되어주어야 한다고 요구할 때도 있다.

그런 관계의 특징 중 또 하나는 그렇게 일방적으로 매달리고 요구하는 쪽에서 '나보다는 네가 나으니까 이 정도는 견뎌줄 수 있겠지. 그러니까 나는 이 정도면 충분히 조심스럽고 예의바르게 행동하는 거야.'라고 자기를 합리화한다는 것이다. 자기 멋대로 상대의 인내심과 참을성의 크기를 재단하면서, 반대로 자기가 많이 참아주는 거라고 생각한다. '네가 아무리 잘해줘도 내 마음의 암흑까지는 모르니까, 너로는 충분하지 않은데 내가 그냥 넘어간다.'라고 생각하는 것이다. 그래서 때로는 상대방을 미워하는 단계로 진화하기도 한다. 자신은 힘든데 상대방만 잘 살고 있는 것 같아서. 이쯤 되면 '증상'에 가깝다.

이런 관계에서 상대방은 '내가 사랑하는 사람'이라기보다 '내가 부족한 사람이라는 것까지 알고 시작했으며 부족한 부분까지 이해하고 품어주는 마음씨 좋은 엄마이고 아빠'와 같다. 따라서 상대방이 더 이상 그런 역할을 하지 않으면(못하면) 자신을 배신한 것이라고 생각한다. 왜냐하면 상대방이 자신을 숨겨주는 빈방 같았기에 사랑하기 시작했고, 그래서 계속 사랑하고 있기 때문이다. 그런데 상대가 더 이상 자신을 품어주지 않으니 '너 역시 다른 사람과 다를 바 없는 사람이구나.'라고 결론을 내리는 것이다.

이런 걸 연애라고 볼 수 있을까? 베이비시터를 고용한 것도 아닌데 말이다. 이제는 제발 그러지 말자. 그런 건 사랑을 하는 것도 아니고 심지어 사랑을 요구하는 태도도 아니다. 단지 상대방의 피를 말리는 일이다. 상대방을 사람으로 대하지 않고 활용할 수 있는 무엇으로만 느낀다면 그게 뱀파이어식 태도지 뭐겠는가. 상대방도 맨날 힘이 남아돌진 않는다. 자신의 괴로움과 슬픔은 자신밖에 모르는 것처럼 상대방에게도 자기만의 삶에서 오는 피로와 어려움이 있다. 그렇게 당신에게 다 줘버리면 어디서 기를 보충해 다시 위로해주겠는가. 끝내 계속 유지될 수도 없는 관계다.

우리는 왜 숨어 있고 싶을까? 불안과 두려움에 떨지 않고 안심하고 싶으니까, 기운을 다시 채울 시간이 필요하니까 숨고 싶은 것이다. 하지만 숨는 일은 일시적인 것이므로 완전히 안심할 수 없다. 보통의 일상을 살고 싶다면 언젠가는 맞서야 한다. 끝까지 도망칠 수는 없다. 자꾸만 숨는 게 버릇이 되면 일상적으로 사랑하고 관계를 맺기가 어려워진다.

일방적으로 의존하며 현실을 회피하고 도피하는 연애만 하는 사람들은 그만큼 연애에서 큰 만족을 얻기도 한다. 무서운 것, 보기 싫은 것을 다 잊게 해주기 때문이다. 그 관계에서 자신은 공주나 왕자고, 상대방은 백마 탄 기사나 이웃나라 공주라고 생각하기 쉽다. 하지만 그런 건 공주와 기사의 관계가 아니라 공주와 시녀 관계, 아기 도련님과 유모 관계와 같다. 혼자서는 일상을 유지할 수 없으니까 다른 사람의 노동력을 취하면서, 감사함도 모른 채 앞으로도 평생 그렇게 사는 게 당연하다고 생각하는 것이다.

안전하고 익숙하다고 꼭 좋은 건 아니다. 진짜를 못 보게 하고 어리석은 상태로 머물게 만드는 감옥일 수도 있다. 좋은 것은 바깥에 있다. 당신이 그토록 두려워하는 바깥에, 당신이 믿고 기대고 싶어 하는 그 마음의 울타리를 넘어선 곳에 말이다.

사람이다 연인은 도구가 아니라

관계를 통해서 부수적으로 얻게 되는 좋은 것들은 충분히 즐기고 누려도 좋다. 더 많이 얻고 더 많이 누린다고 죄를 짓는 건 아니다. 결과적으로 그 사람이 당신에게 힘이 되고, 험난한 세상에서 휴게소가 되어준다면 그보다 더 감사할 일이 어디 있을까. 그러나 즐기고 누리는 일이 앞서고 연인은 그다음 순위라면, 그 사람은 좋은 곳으로 가기 위한 티켓일 뿐이다.

사람들은 종종 자신도 모르는 사이에 상대를 티켓 취급하는 연애를 한다. 연인이 서로를 이렇게 생각한다면 그저 재미 보는 관계에 가깝고, 둘 중 한쪽만 그렇다면 상대방이 원하는 것은 주지 않으면서 자신이 바라는 것만 빼내는 뱀파이어식 연애가 되는 것이다.

연인은 때로 서로에게 엄마이고 아빠일 수 있지만, 부모 노릇 '만' 해줄 사람을 원한다면 연인 관계라고 보기 어렵다. 연인이 아무리 당신을 안심하게 해줘도 그는 방도 아니고, 바위도 아니고, 동굴도 아니다. 당신과 똑같이 상대에게 바라고 실망하고 상처 입는 사람이다. 연인은 나의 바람을 채워주고, 마음속의 바람을 현실로 만들어주기 위해서 만들어진 인형이 아니다.

연인을 한 사람으로서, 자신과 동등하게 대우하고 있는지 생각해보자. 사람이 아니라 도구 취급하고 있는 건 아닌지. 연인 관계가 아무리 특수해도 사람과 사람이 만나는 관계인 것은 변함없다. 게다가 사회 속에서는 거의 역할로만 취급받는 만큼, 연인 관계에서는 더더욱 '그 사람'으로 존중하는 일이 중요하다.

칸트는 사람을 사람답게 대하는 일은 사람을 물건 취급하지 않는 일이라고 한다. 사람은 망치나 의자처럼 못을 박기 위해서나, 앉을 곳을 마련해주기 위해서라는 특별한 목적을 위해 만들어진 게 아니니까. 당신을 위해 써먹을 도구로 상대를 취급하는 게 아니라 전혀 도구가 아닌 것처럼 대하는 게 사람을 사람으로 대하는 것이다.

아무것도 바라지 말라는 뜻이 아니다. 어리광 부려도 좋다. 가끔은 짜증내고 막 대해도 괜찮다. 비이성적으로 행동하는 것도, 때로 감정이 지나쳐 자제가 안 되어 날뛰는 것도 연인 사이라면 그럴 수 있다. 사람이 로봇도 아니고 어떻게 매일 한결같이 침착할 수 있겠는가. 그런데 그것 때문에 만나는 건 아니라는 점을 기억해야 한다. 그리고 마음은 행동으로 드러난다는 사실도 잊지 말아야 한다.

나의 연인은 나 자신이 아니다. 그러니 당신 마음을 당신 자신만큼 잘 알 수는 없다. 연인은 신이 아니라 사람이다. 당신이 보내는 눈빛, 당신의 미소, 당신의 목소리 톤, 당신의 손짓, 당신이 사용하는 단어… 그런 것들을 통해서 당신을 헤아리는 평범한 사람이다. 그를 도구로 생각하지 않고 소중한 연인으로 사랑한다고 표현해주자. 마음은 그게 아니어도 표현이 도구 취급하는 식이라면, 당신은 늘 오해에 휘말리는 불행한 사람이 될지도 모른다. 그것도 자기 스스로 만들어서 뒤집어쓴 오해를.

또 연인은 당신과 사랑하고 싶어서 만나는 것이지 이 세상을 등지고 숨어 있고 싶어서, 당신에게 빈방을 내어주기 위해서 만나는 게 아니라는 점도 기억하자. 연인에게 보호와 변호만 원한다면 그 사람을 보호자나 변호사라고 부르지 왜 연인이라고 부르겠는가. 혹시 당신이 원하는 사랑은 보호와 변호뿐인가? 그러면 연애는 손잡고 뽀뽀하고 섹스도 하는 보호자나 변호사를 두는 일인가? 전혀 로맨틱하지 않은 연애다.

삶을 향한 사랑을 하자

동굴 밖으로 나와서

사는 일이 그저 숨만 쉬며 목숨만 부지하는 일이라면 참 고되고 허무할 것이다. 고작 그뿐이라면 무슨 부귀영화를 누리자고 이토록 고생할까. 사는 일이 그저 죽어가는 일로 그치는 것이 아니라, 매순간 다른 색깔과 의미를 지니고 있는 여행이라고 느낄 수 있을 때 우리는 삶을 충만하게 살고 또 받아들일 수 있다.

반대로 괴롭고 불안하며 전쟁같이 거친 사랑에 중독되는 이유도 아마 거기서 찾아볼 수 있을 것 같다. 아주 자극적이라 잠시도 쉴 수 없어서 살아 있다는 사실을 몹시도 실감나게 하니 말이다.

그러니까 우리, 진짜 좋은 사랑을 하자. 그 사람이 없으면 죽어버릴 것 같아서 혼자서는 사는 법도 사는 맛도 모르는 미숙한 어린 애로 멈춰선 사랑 말고, 안 그래도 고된 삶의 무게를 그 사람에게 더 얹어버리는 사랑 말고, 다른 사람의 생명력에 빌붙어서 업혀가는 사랑 말고, 같이 사는 맛을 느끼는 사랑을 하자. 그런 사랑은 '난 너 없으면 안 돼, 너 없인 못 살아.'에서 멈추지 않는 사랑이다. 자기 인생도 꾸리기 벅찬데 왜 남의 목숨까지 떠맡아야 하는가.

그 사람 없이도 당신은 숨 쉬고 밥 먹고 잠들며 계속 살아가겠지만, 그래도 꼭 그 사람과 함께 인생의 씨실과 날실을 엮어가고 싶은 사랑으로 나아가자. 힘들고 고되어도 살아 있는 시간이 의미가 있고 감사한 일이라고 느낄 수 있게 하는 사랑을 하자. 씩씩하게 앞으로 다가올 사건과 관계들을 마주할 수 있도록 힘과 용기가 되는, 그런 사랑을 하자.

지금까지의 연애는 동굴을 찾는 여행이었을 수도 있지만 사랑은 동굴이 아니다. 동굴은 좁고 어둡고 축축해서 빛이 통하지 않는 곳이다. 잠깐은 안심할 수 있을지언정 사람이 살기에 적합한 곳은 아니다. 이제 밝고 따뜻한 곳으로 나올 채비를 하자. 위험할 수도 있지만 위험한 만큼 자유롭다. 사랑은 당신을 구석으로 몰아가서 옴짝달싹 못하도록 하는 일이 아니라, 당신을 더 자유롭게 하는 일이다.

그 사람의 등에서 내려와서 그 사람과 함께 손을 잡고 걸어가자. 죽음에 가까워서 안정적인 사랑이 아니라, 역동적인만큼 나 자신을 삶에 충실하도록 만드는 사랑, 변해가는 만큼 지금이 참 소중한 사랑을 하자. 불안정하지만 밝고, 재미있고, 자유롭게. 삶이란 그런 것이며, 동굴 밖 역시도 그렇다.

동굴 밖에서 연인을 만나는 일은 연인과 함께 숨을 쉬고, 밥을 먹고, 거리를 걷고, 영화를 보고, 생일을 보내고, 계속해서 움직이고, 변화하고, 마주하는 일이다. 매일 움직이고 매일 만나고, 그래서 때로는 매일 아플 수도 있다. 하지만 살아 있기에 사랑할 수 있는 것이다. 당신이 과거의 어느 한곳에 멈춰 머무르지 않고 이곳까지 왔기 때문에 그 사람을 만날 수 있었다. 도망쳐 멈춰버리고 싶은 순간에도 멈추지 않고 여기까지 조금씩 달라져왔기 때문에, 달라질 수밖에 없었기 때문에 상대를 만났다는 사실을 기억하길 바란다.

넌 대답만 해,

답은 정해져 있어

같은 이야기를 몇 번씩 반복하는 것, 심지어 스스로 말하는 것이 아니라 남이 묻는 말에 대답을 반복하는 일은 확실히 피곤하다. 특히 '같은 대답'이 더 피곤해지는 건 자유롭게 선택한 대답이 아니라 상대방이 강요하는 대답이기 때문이다. 당신은 그렇게 생각하지도 않는데 상대방이 듣고 싶어 하는 말을 해야 하니까. 심지어 상대방이 아주 직접적으로 표현하지 않아도 알아서 가져다 바쳐야 하니까. 게다가 한두 번이 아니라 시도 때도 없이 반복해서, 어쩌면 만나는 동안 내내 말이다.

연애의
기대와 희망

사람들이 인터넷 커뮤니티 같은 곳에서 유머로 삼는 흔한 소재 중 하나도 '여자들은 왜 질문을 할까? 정말 궁금해서 물어보는 것도 아닌데.'와 같은 이야기다.

Q. "자기야 나 요새 좀 살찐 것 같지? 다이어트해야 될까? 옷 입으면 전보다 옷이 꽉 껴 보이지 않아?" 이 질문에 대한 최고의 답변은 무엇일까요? 다음 중 정답을 골라보세요.
① 난 잘 모르겠는데.
② 좀 찐 것 같기도 하네, 아주 살짝. 그래도 나한텐 자기가 제일 예뻐.
③ 빼고 싶으면 빼든가.
④ 진짜 운동 좀 해라, 이게 몸이냐 몸이야? 여기 살 접히는 것 좀 봐라. 아주 옷 터지겠다.
⑤ 아냐, 괜찮아.

과연 정답은? 안타깝게도 여기에 정답은 없다. 제시된 보기 중 어떤 말도 여자친구를 만족시켜줄 최고의 답이 될 수 없다. 이럴 때 통하는 단 한 가지 방법은 여자친구의 말이 끝나기도 전에 약간의 틈도 주지 않고 바로 "아냐! 아닌데? 전혀."라고 단호하게 부정하는 것이다. 숨 쉴 틈도 없는 즉답이 중요하다. 당연한 이야기를 도대체 왜 묻느냐는 듯한 표정과 말투도 곁들여서. 가볍게 장난치듯 넘기거나 지나치게 과장된 반응을 보이다가 피바람이 부는 수가 있다.

일단 기본적인 대답이 이 정도일 뿐 여자친구에게 좀 더 점수를 얻으려면 "오늘 옷은 더 잘 어울리는 것 같은데."라는 긍정적인 표현과 찬사를 덧붙여주면 좋다. 단호한 어조가 아니라 자연스럽게 입에서 튀어나와서 아무런 계산 없이 하는 말처럼 해야 한다.

응용하기에 따라서 잠시 쳐다본 후 "아니, 전혀. 오히려 요즘 더 예뻐진 것 같은데."라며 기지를 발휘할 수도 있다. 여자친구의 성향에 따라 덧붙이는 이야기나 태도는 얼마든지 변형할 수 있어야 한다. 평소에 그러지 않던 사람이 갑자기 과하게 칭찬하면 일부러 비꼬는 것처럼 보일 수도 있다.

정말 이럴까? "난 안 그런데, 왜 여자들 전부를 싸잡아서 비난하지?"라고 생각하는 사람도 있고, "나는 정말로 의견을 구하고 싶어서 물어본 건데."라고 생각하는 사람도 있을 것이다. 여기서 예시는 "유독 여자들이 그렇다더라."라는 말을 하고 싶어서 사용한 건 아니다. 남녀 애인 사이에만 국한된 문제가 아니니 말이다.

성별의 문제도 아니고 연인 간의 문제만도 아니다. 친구들 사이에도 마찬가지다. 요즘은 이런 사람들을 '답정너("답은 정해져 있고 너는 대답만 하면 돼."의 약자)'라고 부른다. 다른 사람에게 의견을 구하는 척하지만 이미 자기 안에서 답을 정해놓고 상대방이 자신이 원하는 답을 말해주기를 바라는 사람이다. 열심히 이야기를 듣고 고심해서 조심스레 조언을 해줘도 결국 자기들 마음 가는 대로 한다.

긍정적으로 생각하면 "괜히 너 때문에 내가 이렇게 되었다."라는 원망을 듣는 것보다는 낫다. 자기 하고 싶은 대로 하면 타인에 대한 원망이 남거나 못다한 미련이 남지는 않으니까. 대신 남의 이야기에 귀를 기울이지 않고 자기 멋대로 움직였다가 인생에서 삭제해버리고 싶은 '흑역사'가 생길 때도 많다는 점을 명심하자.

사람들은 왜 확인받고 싶어 할까?

남녀를 불문하고 연인 사이에 공통으로 하는 답정너식 질문은 "자기 나 사랑해?"가 아닐까 싶다. "나를 사랑하기는 하니?"라거나 "날 사랑한 적은 있어?"와 같은 변형된 문항도 있다. 이런 질문을 자주 하는 연인을 두어서 피곤한가? 사실 두 번째 질문이나 세 번째 질문은 한 번만 들어도 피곤하고, 때로는 짜증이 나기도 한다. 듣자마자 '앗, 함정이다!'라는 느낌이 확 오지 않는가?

불이 나면 화재 경고음이 울려 퍼지듯이 이 질문을 듣는 순간 뇌를 포함한 모든 신체기관에 경고음을 울려야 할 것만 같고, 전

투태세를 갖춰야 할 것만 같다. '나한테 어쩌라고 저런 질문을 하지? 어쩌자고 이런 말을 하는 거야?'라는 생각이 든다. 그렇다. 이 질문에서 우리가 철학적으로 탐색해볼 만한 요소는 바로 여기에 있다.

우리는 왜 답이 정해진 질문을, 때로는 연인이 피곤해할 만큼 반복하고 있는 것일까? 불안하기 때문이다. 믿기 어렵고 불안하니까 확인받고 싶은 것이다. 믿지 못한다는 말은 의심한다는 말과도 통한다. 그런데 그 의심은 상대방을 무조건 밀어붙이기 위한 의심이 아니라 안심을 위한 의심이다. 믿고 싶어서 물어보는 것이다. 정말로 몰라서 추궁하는 게 아니다. "나 살찐 것 같지 않아?"에 대한 정답이 조금의 틈도 없는 "아니!"라는 점을 생각하면 더 이해가 빠르다. 단호한 부정을 통해서 안심시켜주는 것이 대답의 핵심이다. 뒤에 덧붙이는 "네가 제일 예뻐." 같은 말은 일단 상대를 안심시킨 다음 기쁘게 하거나 기운을 북돋는 보너스 같은 것이다.

사랑에 관한 답정너식 질문이 원하는 정답도 마찬가지다. "아니야, 네가 잘못 알고 있어. 나는 너를 매우 사랑해."와 같은 반응을 통해 안심하고 싶은 마음이 더 강한 것이다. 특히 두 번째와 세 번째 질문이 주로 어떤 상황에서 나오는지 정황을 그려보면 더욱 그렇다.

입장을 바꿔서 만약 당신이라면 과연 어떤 상황에서 저런 말을 하게 될까? 질문을 하는 연인은 이 사랑과 이 관계가 불안한 것이다. 그래서 사랑받고 있고 사랑에 문제가 없음을 확인하고 싶은 것이다. 그러니 이 질문을 자주 받는다면 당신은 상대에게 사랑받는다는 확신을 충분히 주지 못하는 연인일 수도 있다.

그런데 여기에는 제한 조건이 있다. 최소한 호의와 호감이 있는 단계에서는 '진짜 질문'을 해야지, 답정너식 질문을 해서는 안 된다. 당신을 사랑하는 일이 어떤 이유로든 그리 당연하지는 않은 것이고 지금 노력하는 중일 수도 있으니까 말이다.

불안하고 의심이 든다면 더더욱 이런 질문을 하지 않는 편이 좋다. 방을 청소하려던 참에 청소하라는 소리를 들으면 하기 싫어지지 않는가. 노력하고 있는데 "노력이고 뭐고 넌 당연히 나를 사랑해야 한다."라는 요구와 주장을 만나면 노력하던 마음에 김이 샐 것이다.

요구와 주장이 아니라 호소와 애원을 했다고? 상대방에게도 그렇게 느껴질까? 당신은 호소와 애원이 받아들여지지 않으면 화를 낼 것이다. 그건 이미 호소나 애원이 아니라 요구와 주장이다. 사랑한다면 특정한 대답은 당연한 것이라고 미리 단정 짓고 시작하니까. 상대방이 당신의 질문에 때로는 귀찮아하면서도 대답하는 건 그래도 노력하고 있다는 증거다.

당신이 노력의 대상일 때는 아직 괜찮다. 슬프게도 끝이 보이는 길은 당신이 노력의 대상이 아니라 부담의 대상이 되었을 때다. 그러니까 사실은 어떤 상황에서도 이런 식의 질문은 그리 좋은 사랑법이 될 수 없다. 부담의 대상이 되는 길로 한 걸음 다가서는 행동일 뿐이다.

신데렐라 이야기를 모르는 사람은 없을 것이다. 신데렐라는 갖은 수모를 겪으며 살았지만, 결국 왕자와 결혼한다. 왕자님이 찾는 유리 구두의 주인공은 신데렐라였다.

요정 할머니와 마법, 호박 마차와 유리 구두가 등장하는 신데렐라의 세계를 여성의 계급 상승 욕구로 해석하기도 한다. 가진 것 없는 사람이 마치 마법과 같은 외부의 도움을 통해 자기보다 훨씬 많은 것을 가진 상대방을 쟁취해서 성공하는 이야기로 말이다. 세계적으로 신데렐라 이야기가 다양하게 변주되고 되풀이되는 이유 또한 그래서가 아닐까 싶다.

신데렐라 이야기는 종종 자기 노력 이상의 것을 바라는 속물적인 마음이나 허영심을 보이는 여성들을 비꼬기 위해 사용되기도 한다. '신데렐라가 행복해지는 결말이 왕자와의 결혼뿐인가? 신데렐라는 왜 하필 그런 성공을 바랄까?'라는 질문이 이런 해석을 낳은 시작점일 것이다.

여기서 나는 조금 다른 질문을 던지고 싶다. 신데렐라가 마법으로 화려하게 치장하지 않았어도 왕자님은 신데렐라에게 반했을까? 치장한 신데렐라가 예쁜 얼굴과 완벽한 몸매가 아니었어도 왕자님은 신데렐라를 사랑했을까? 그렇다고 '역시 예쁜 게 최고! 이 이야기는 외모 지상주의 이야기!'라고 주장하고 싶어서 묻는 것은 아니다.

요정 할머니는 신데렐라에게 말한다. 밤 12시가 되면 마법이 풀리고 원래의 모습으로 돌아오니까 그전에 집으로 돌아오라고. 마법이 풀리면 마차는 다시 호박이 되고, 말과 마부들은 생쥐로 돌아갈 것이며, 화려한 공주님처럼 치장한 신데렐라도 온갖 허드렛일을 맡아서 하느라 재투성이의 평소 모습으로 돌아갈 텐데 얼마나 곤란해지겠는가. 그러나 단 하루뿐인 이벤트에 푹 빠져 있던 신데렐라는 12시가 되기 직전에야 겨우 연회장을 빠져나온다. 그러다 보니 마치 일부러 계획한 것처럼 자기를 찾을 수 있는 단서가 될 유리 구두 한 짝을 두고 온다. 그런데 12시 직전에야 부랴부랴 연회장을 빠져나오던 신데렐라는 무엇이 가장 걱정되었을까?

신데렐라 이야기에서 신데렐라가 제일 걱정했던 점은 마법이 풀려 호박과 생쥐와 재투성이 소녀가 나타나는 것이 아니었다. 그녀는 자신이 외국에서 온 이름 모르는 공주가 아니라 집에서 청소나 하던 천덕꾸러기 신데렐라라는 사실을 계모와 언니들에게 들키는 것을 제일 걱정했다. '이 모습이 나라는 것을 엄마와 언니들이 알면 날 가만두지 않을 텐데.' 읽는 사람 입장에서는 황당할 따름이다. 지금 그게 중요한가. 왕자가 그녀에게 반했는데!

계모와 언니들을 두려워하는 신데렐라는 얼핏 순진한 아이처럼 보이지만, 그게 전부는 아니다. 신데렐라가 두려워하는 엄마와 언니들은 현실에서 몹쓸 짓을 일삼는 계모와 언니들이 아닌 신데렐라가 생각할 수 있는 '나 아닌 모든 타인'을 대표하는 일종의 상징이다. 신데렐라가 진짜 두려워하는 건 '내가 이곳에 어울리지 않는 사람이라는 것을 모두가 눈치채는 것'이 아닐까? 특히 신데렐라에게 반하고 신데렐라가 반한 왕자님이 눈치채는 걸 두려워했을 것이다.

만일 현실에도 신데렐라가 있다면 결말 그다음이 정말 괴로울 것 같다. 원래 자신의 모습 그대로 있어도 왕자가 반할 만큼 멋진 사람이라는 걸 증명해야 하기 때문이다. 과연 신데렐라는 평소 모습 그대로 있어도 왕자에게 어울리는 사람일까? 자신의 평소 모습이 드러나는 것이 두려운 신데렐라는 '내가 있을 자리는 이곳이 아니며 허드렛일하는 재투성이 모습으로 돌아가야 한다.'라고 생각하는 것은 아닐까? 신데렐라는 본래 자신을 가리고 다른 모습으로 변신하고 나서야 다른 사람들 앞에 떳떳이 나서서 관심을 받고 사랑을 얻지만, 결국 진짜 자기의 이름조차 밝히지 못하고 도망 나오게 된다.

참으로 의미심장하지 않은가. "나를 사랑해?" "나 오늘 어때?" "나 예뻐?"라고 자꾸만 묻는 당신은 어쩌면 연인을 불신하고 연인에게 만족하지 못하는 것이 아니라, 자기 자신을 불신하고 지금의 자신에게 만족하지 못하고 있는 것인지도 모른다. 스스로를 확신하지 못하는 마음을 상대에게 자꾸 묻는 것이다. "내가 이런데도 당신은 나를 사랑하나요? 앞으로도 계속 나를 사랑해줄 건가요?" 이런 질문으로 자기 자신에 대한 확신을 상대에게 요구한다.

신데렐라 이야기에서 왕자는 전국 방방곡곡을 뒤져 모든 아가씨에게 구두를 신겨본 후에야 신데렐라를 다시 만나게 된다. 왕자는 그 과정을 통해 신데렐라가 암묵적으로 물은 질문에 정답을 들려준 셈이다. 신데렐라는 답정녀식 질문을 던졌고, 왕자는 그에 딱 맞는 준비된 정답을 훌륭히 돌려주었다. 전국의 모든 여성을 거침으로써 왕자는 다음의 사실을 신데렐라에게 확인시켜준 것이다. "네, 저는 이 구두의 주인공인 바로 당신을 맞이할 준비가 충분히 되어 있습니다. 당신이 귀족이 아니어도 나는 당신이라면 충분해요."라며 말이다.

신데렐라는 자기 자신에 대한 불안과 불만족, 의심이 있었지만 사랑하는 연인인 왕자를 통해 행복한 결말을 맞이한다. 당신도, 당신으로 충분히 좋다.

사랑한다고 말해주자

무조건 예쁘다고,

신데렐라는 무조건적인 사랑을 원한다. 그런데 이때 무조건적인 사랑이란 사실 상대방을 의심하는 일이 핵심이라기보다 자신을 스스로 긍정하는 일과 관련되어 있다. '지금 내가 가지고 있는(것처럼 보이는) 조건들 때문에 나를 사랑하는 것인지, 그 조건이 없어도 나를 사랑할 것인지'를 묻는 일은 '있는 그대로의 나를 사랑하는지' 묻는 일이다. 내가 더 이상 젊고 아름답고 유능하지 않다면, 부자가 아니라면 나를 만나지 않을 것인지, 다시 말해 그런 조건들이 없어도 자신은 충분히 사랑받을 만한 사람인가를 묻고 있는 것이다.

다른 조건들로 치장하지 않아도 충분히 괜찮고 사랑받을 만한 존재라고 스스로 느끼는 마음은 자존감의 핵심 요소다. 스스로를 있는 그대로 긍정하는 마음 말이다. 신데렐라는 스스로를 긍정하는 일을 상대방에게 묻고 요구했다. 신데렐라와 달리 스스로 자신을 긍정하고 사랑하면 문제가 해결될까? 결론적으로 건강한 관계의 시작과 끝은 그곳에 있을지도 모르겠다. 그러나 그 일이 쉬웠다면 우리는 타인의 사랑을 자꾸 확인하려 들지도, 애타게 누군가를 원하지도 않았을 것이다. 그리고 지금 이 책을 읽지 않았을지도 모른다.

자존감은 본인이 생각하는 자기 자신에 대한 평가이지만, 사실 이런 평가는 다른 사람과의 관계 속에서 영향을 받는다. 애초에 '나'라는 사람에 대해 갖는 생각은 다른 사람들과의 비교와 대조를 통해서 생겨나기 마련이다. 이 세계에 오직 나라는 한 사람만 존재한다면 나의 특징은 나만의 특징이 아니라 세계의 특징이 될 테니 평가의 대상이 아니다.

다른 사람들과의 관계 속에서 어떻게 행동하고 나 자신에 대해서 어떻게 느끼는지를 통해서 우리는 자신에 대해 평가할 수 있다. 완벽하게 만족되지 않더라도 스스로를 깎아내리거나 공격하지 않을 때 나 자신을 긍정적으로 평가하고 받아들임을 확인할 수 있다. 반대로 자신이 만족할 수 없는 장소와 자신을 만족스럽게 여기지 않는 관계 속에 오래 머물 때 자존감은 슬그머니 뒷걸음을 치기 쉽다.

우리는 항상 만족스러운 관계 안에만 있을 수 없다. 심지어 부모나 연인과의 관계도 매순간 만족스러울 수는 없다. 그러나 우리가 충분히 이성적이라면 불만족스러운 관계에서도 자존감이 깎이지 않을 수 있다. 관계가 불만족스럽다고 해서 내가 나쁜 게 아니라는 것을 알고 있기 때문이다. 그런 이성적 판단에 필요한 것은 높은 지능지수와 남들 앞에서 자랑할 수 있는 학벌 같은 조건이 아니다. 이성적 판단은 자신이 겪은 일에서 사실과 의견, 감정을 구분하는 것만으로도 충분하다.

그러나 우리는 그런 방식으로 생각하는 일에 익숙하지 않다. 일반적으로 생각할 때 지금까지 A라는 상황에서 B라는 일이 자주 반복되었다면 앞으로도 그럴 확률이 높다. 그러나 상식적으로 생각한다면 B가 아닌 또 다른 경우의 수가 발생할 가능성 역시 무시할 수 없다. 우리의 상식은 지금까지 일어났던 일에 근거한 확률의 문제이며, 확률은 절대적이지 않다. 그래서 무엇이든 반드시 그러하다고 단정하려면 아주 신중하고 철저한 검토가 필요하다.

예를 들어보겠다. A는 처음 들어간 회사에서 사람들과 잘 어울리지 못하고 결국 퇴사를 하게 되었다. 또한 A가 첫사랑 이후에 좋아했던 얼굴이 반반한 그 사람은 A 몰래 여러 사람을 만나던 바람둥이였다. A는 '나는 사회생활에 적합하지 않은 사람인가 봐.' '역시 얼굴이 잘난 애들은 얼굴값을 하는구나.' 등으로 곧바로 결론을 내려버렸다. 어쩌면 그런 결론은 확률이 꽤 높은 경험적 진실일지 모른다. 그러나 A가 첫 번째 회사의 사람들과 잘 어울리지 못한 것과 A가 사회생활에 적합하지 않은 것은 전혀 다른 이야기다. A는 단지 처음에 서투른 사람일 수도 있다.

우리 머릿속 생각들은 실제로 일어난 사실일까, 아니면 마음속에서 멋대로 성급하게 일반화해버린 의견일까? 자신이 겪은 단한 가지 사실로 세상 전부를 아는 것처럼 떠드는 사람을 우리는 뭐라고 평가하는지 생각해보자. 대개는 어리석고 성급하다고 판단한다. 그런데도 우리는 단 한 가지 경험만으로 전부를 단정 짓는 일이 참 많다. 스스로를 자꾸 힘들게 하고 자신을 긍정하기 어렵게 만드는 관계를 반복해서 맺게 될 때, 그 이유가 모두 자신에게 있다고 단정 짓기 쉽다. 충분히 확인하지 않고 자신이 부족하기 때문이라고 성급한 결론을 내리는 것이다.

그럴 때는 무엇이 필요할까? 가능하면 반복적으로 반대 사례를 경험하는 일이다. 그러다 보면 항상 처음에 겪은 것과 같지 않고, 내가 나빠서가 아닐 수도 있다는 사실을 자연스럽게 받아들이게 된다. 상대방이 나빠서일 수도 있고, 시스템이 잘못된 것일 수도 있으며, 그저 운이 나빠서일 수도 있다.

그래서 나를 지지해주는 사람과 사랑하는 것은 내가 스스로에 대해 섣불리 비관적인 평가를 내리지 않게 도와준다. 단지 도와주는 정도가 아니라, 나의 자존감을 탄탄히 쌓는 데 반드시 필요한 자원이라고 할 수 있다.

만약 연인이 자꾸 같은 질문을 한다면 귀찮아 하기보다는 어여쁘게 여겨주면 좋겠다. "넌 나에게 충분히 아름다워." "난 널 이전과 다름없이, 아니 그보다 더 많이 사랑해."라는 표현은 기상 조건이 어떻게 변할지 장담할 수 없는 컴컴한 바다에서 반짝이는 등대와 같다. 계속 괜찮다는 신호를 보내는 것이다. 우리 관계에서 당신은 부족하지도 나쁘지도 않으며, 당신으로 나는 이미 충분히 만족하고 있음을 알려준다.

우리는 그런 표현을 통해 내가 지지받는 사람이며, 충분히 지지받을 만하고, 그 사람이 나를 믿고 사랑한다는 사실을 확인한다. 상대와 공감하고, 상대를 지지하고 응원하는 일은 단지 상대에게 기쁨을 주는 일에 그치지 않는다. '나는 당신에게 무려 밤바다의 등대만큼이나 중요한 존재'라는 점을 새삼 확인하게 되는 일이다. 그래서 이런 표현은 상대방을 위한 일이기도 하지만 나를 위한 일이기도 하다.

★
★
★

사랑을 흔드는 건 자꾸만 시험하는 나일지도

'답정너식 질문'이 우리의 연애에 결정적인 위기를 만들 때가 있다. 한쪽이 일방적으로 등대 역할을 하게 되는 경우가 그렇다. 나도 힘들고 약하고 비바람이 몰아치는 바닷속에서 살아남느라 정신이 없는데 자꾸 신호를 보내라고 하면 어떨까? 내가 무한동력 자가발전기도 아닌데. 당신은 연인을 통해 스스로를 믿고 응원하며 계속해서 연인이 응답해주기를 요구하는데, 과연 당신은 연인에게 그런 사람인지 생각해볼 필요가 있다.

당신은 어떠한 상황에서든 늘 연인이 당신을 예뻐해주고, 사랑해주고, 믿어주고, 붙잡아주기를 바란다. 심지어 당신조차 스스로를 확신하고 받아들이기 어려워하면서도.

당신이 해도 힘든 일을 왜 상대에게만 요구하는가? 당신은 상대를 그만큼 사랑하고 있는가? 당신이 원하는 대답을 상대가 해주지 않으면, 당신은 '이 사람이 나를 더 이상 사랑하지 않는다.'라고 못 박을 건가?

우리는 때로 상대에게만 '무조건'을 요구하는 자신을 마주한다. 우리가 던지는 답정너식 질문은 사실 엄청난 도박이다. 돈을 따려면 돈을 걸어야 하듯이, 사랑을 확인받는 일은 사랑을 걸어야 가능한 일이다. 사랑을 확인하기 위해 당신은 지금 사랑 자체를 담보로 걸고 있다. 사랑 자체를 흔들고 있는 것은 어쩌면 당신일지도 모른다. 대답을 귀찮게 여기는 상대가 아니라.

나와 당신의 차이

이해하기에는 너무 먼

부부가 이혼하는 가장 큰 이유는 성격 차이라고 한다. 납득이 되는 이유다. 이런저런 일들이 쌓이면 결국은 그토록 다른 서로의 차이에 좌절할 수밖에 없다. 돈이 우리를 화나게 했든, 부모님과의 일이 우리를 슬프게 했든, 무엇이 되었든 간에 서로가 같은 마음, 같은 생각이었다면 이렇게까지 멀어지진 않았을 것이다. 그렇게 조금씩 마음이 냉담해진다.

다르니까 좋아했을 텐데 다르니까 헤어지게 되다니 참 아이러니하다. 결자해지結者解之라는 말이 있다. 일을 만든 사람이 그 일을 끝내야 한다는 말인데, 사랑도 그러한 것일까? 사랑은 시작한 것과 같은 이유로 막을 내리게 되는 것일까? 나는 여기에 있고 너는 거기에 있어서, 당신이 내가 아니기 때문에, 나와 매우 닮았어도 나와 한 몸은 될 수 없는 다른 사람이기 때문에 당신을 만났고 사랑하게 되었는데 똑같은 이유로 끝이 온다.

다르기 때문에 헤어진다는 일은 참 허망하다. 하지만 실제 생활에서 하나부터 열까지 전혀 다르게 생각하고 행동하는 사람과 잘 지내기란 그리 쉬운 일이 아니라는 걸 우리는 매분 매초 체감하고 있다.

현대사회는 다원화된 민주사회라고 한다. 서로 다른 가치를 존중하고, 서로 다르기 때문에 함께할 필요가 있으며, 덕분에 발전할 수 있다고 믿는 사회다. 우리는 어릴 때부터 다양성의 가치를 장려하는 교육을 받는다.

사회의 전면에서는 매우 합리적이고 타인과의 화합을 도모하는 사람이 연애를 비롯한 개인적인 친분 관계에서는 전혀 다른 태도를 보이는 것은 그리 놀랄 만한 일이 아니다. 많은 사람들이 자신과 다른 특징을 가진 친구들과 어울리기보다는 자신과 비슷한 문화적·계급적 배경 및 신념, 취향을 가진 사람들과 어울리기를 좋아한다. 편안하고 익숙한데다, 자기가 좋아하고 잘 아는 이야기를 하는 것이 재미있기 때문이다.

때로는 나와 다른 특징이 두드러지는 사람들을 만나기도 하지만 꾸준히 그 관계를 이어나가기는 쉽지 않다. 다름은 우리를 더 조화롭게 하기도 하지만 서로에게 적개심과 두려움을 느끼게 만드는 요소이기도 하다. 그래서 우리는 서로의 차이를 감당할 수 있는 상대를 찾는다. 다른 말로 하면 나를 이해해줄 수 있는 상대방을 원한다.

다른 상대를 이해하는 것은 어떤 일일까? 너와의 다름을 좁히는 일일까? 아니면 차이를 그대로 두고 수용하는 관대함이 좋을까? 상대방만 나쁘다고 탓하지도 않으면서, 마음에 들지 않는 습관을 바꾸라고 요구하지도 않는 것 말이다. 물론 매번 웃으면서 대할 수는 없겠지만 그 정도면 충분히 관대하게 차이를 수용하는 것 아닐까 한다.

문제는 상대방도 나 같기를 바라면서 차이를 무시할 때만 생기는 것이 아니라, 차이를 차이인 채로 내버려 둘 때도 생긴다. 괜찮다고 하다가 한 번에 폭발해서 끝장을 보는 관계들이다. 사람인 이상 관대함에도 한계가 있기 마련이다. 상대방이 무엇을 하든 괜찮다며 그저 내버려둔다면 방치나 다름없다.

그렇다면 상대의 관대함의 한계를 알고 그 안에서 타협하는 작업이 이해일까? 이해하기 위해서는 많은 대화와 정보가 필요하다. 하지만 말과 정보만으로 누군가를 이해했다고 말하기란 어렵다. 우리는 이해를 이해하고 있지도 못하면서 상대에게 무턱대고 더 많은 이해를 요구하고, 무책임하게 이해를 약속한다. 알지도 못하는 일을 어떻게 해줄 수 있을까? 당신은 상대를 이해하고 있는가.

오래 지켜보고 많이 알면 이해하는 걸까

당신은 그 사람에 대해 얼마나 알고 있을까? 사랑하면 지켜보게 될 것이고, 지켜보면 알게 된다. 그 사람의 사소한 습관과 그 사소함이 꾸려나가는 일상의 이면을 깨닫게 되고, 지켜보기 전에는 알 수 없었던 그의 삶을 조금 더 알게 될 것이다. 그가 부모님과 통화할 때는 어떻게 그렇게 살가울 수 있는지, 왜 특정한 기업의 이름에 인상을 찌푸리는지, 왜 좋아하는 배우에 그토록 열광하는지 등등에 대해서 말이다.

그렇다면 그에 대해 많이 알면 알수록 그를 잘 이해한다고 말할 수 있을까? 그의 사소한 모습까지 포착하고 당신과 다른 모든 면면에 관한 정보를 몸과 마음으로 받아들이면 그를 이해할 수 있을까? "말하지 않아도 알아요."라는 예전의 유명한 광고 음악처럼, 그가 일일이 설명해주지 않아도 당신이 먼저 알고 헤아려준다면 그게 이해일까?

플라톤은 그것만으로는 아직 온전히 상대방을 이해한다고 볼 수 없다고 한다. 눈으로 보고 정보를 많이 모아서 연결하는 것이 이해는 아니다. 예를 들면 이렇다. 그를 처음 만났을 때 그녀는 분명히 액션 영화를 좋아했고, 추위를 많이 타서 겨울을 좋아하지 않았고, 이름만 대면 다 알 만한 기업에서 일하고 있었다. 그로부터 일 년쯤 지난 지금은 액션 영화보다 스릴러 영화를 더 즐겨 보고, 운동을 해서 체력이 좋아진 덕에 추위를 별로 타지 않게 되었다. 일과 사람에 치여서 다니던 직장에도 사표를 던졌다.

그를 처음 만났을 때 그녀는 잘 웃고 다른 사람의 이야기를 잘 들어주는 사람이었고, 그는 그녀의 그런 모습이 좋았다. 지금의 그녀는 잘 웃지 않는다. 다른 사람의 이야기에 귀 기울일 여유도 없다. 그는 그녀가 잠깐 그랬을 뿐 곧 '원래대로' 돌아올 거라고 기대했다. 하지만 일 년 전 그녀의 모습도 사실 그녀의 원래 모습은 아니었다. 차갑고 쌀쌀맞아 보인다고 따돌림을 당한 적이 있어서 냉담하게 보이지 않으려고 그녀는 필사적이었다.

그가 지금껏 열심히 그녀를 보고 관찰해서 모은 정보대로 그녀가 계속 살아갈 것이라는 보장은 없다. 이해는 둘째 치고, 정보가 변하는 순간 그가 가지고 있던 정보는 쓸모없는 것이 되어버린다. 시간은 계속해서 흐르는데 우리라고 멈춰 서 있는 것은 아니다.

머리카락이 길고, 몸무게가 들쑥날쑥하고, 좋아하는 연예인이 달라지는 것처럼 우리는 계속 변한다. 당신이 아는 것은 그때 시간에서의 한 가지 정보일 뿐, 앞으로의 시간까지 전부 포함하는 변하지 않는 무언가는 아니다. 그래서 그 사람은 본래 이런 사람이고, 우리 관계는 원래 이러했다고 전체를 평가할 수 있는 기준은 될 수 없다. 그냥 그때는 그랬던 것뿐이다.

살아 있는 모든 것들이 다 그렇다. 그 순간 그런 모습일 뿐 영원히 하나뿐인 모습을 지닐 수는 없다. 그래서 그림을 그리고, 사진을 찍고, 글을 써서 기록해두는지도 모르겠다. 순간적인 것을 영원히 붙잡고 싶어서. 짧은 시간 동안만 그랬던 것을 마치 영원할 것처럼 '너는 항상, 나는 항상, 우리는 늘'이라고 말할 수는 없다. 아마도 그럴 것이라는 우리의 믿음이고 그 믿음에 근거한 기대일 뿐이다. 그러니 이 정도로는 당신을 잘 알고 이해한다고 말할 수 없다.

이문세의 노래 〈깊은 밤을 날아서〉는 처음 들을 때는 멜로디가 신나고 밝은 것 같지만 가사에 가만히 귀 기울이면 참 서글픈 노래다. "우리들 만나고 헤어지는 모든 일들이 어쩌면 어린 애들 놀이 같아."라고 한다. 그 말이 괜히 나온 게 아니다. 우리의 삶은 계속해서 변하고 그러면서 사라지는 중이다. 그러기에 덧없고, 덧없어서 슬프고, 그래서 아름답고 소중하다.

우리는 상대방을 완벽하게 이해하지는 못할지언정 포기하지 않고 이해하기 위해 노력해야 한다. 이루어질 수 없는 꿈이지만 그만 꿀 수는 없으므로. 그나마 꿈을 꾸는 덕분에 날아오르니까. 이해하기에는 너무 멀지만 그렇다고 마음이 접어지지는 않는, 약하고 보잘것없는 우리의 연애를 위해.

너와 구분하는 일부터

나의 서운함과 소망을

어떻게 해야 상대방을 이해할 수 있을까? 플라톤은 보고 관찰하고 정보를 수집하더라도 보는 것에만 현혹되지 않게끔 머리를 쓰라고 한다. 옛 성현 말씀에 "남자는 눈을 가리고 여자는 귀를 막으라."라고 했다. 일반적으로 남성은 보(이)는 것에 약하고 여성은 듣(들리)는 것에 약하니 자신의 약한 부분과 홀리기 쉬운 것을 경계하라는 의미다. 사람들은 의외로 지금 본 것에만 현혹되어 잠깐 그러다 말 일을 계속 그렇다고 단정하는 경향이 있다. 심지어 보지도 못하고 일어나지도 않은 일에 대해 멋대로 상상하며, 그렇게 부풀린 것을 바탕으로 상대방을 추궁하기도 한다.

　우리는 종종 연인을 상상으로 속단하곤 한다. 실제로 말해보거나 권해보지도 않고 혼자서만 생각하는 사람들은 머릿속에 자기가 생각하는 상대방의 모습을 만들고, 그와 대화를 나누는 장면을 상상한다. 이런 상상이 심해지면 의부증이나 의처증이 되는 것이다. "너 아까 개랑 인사하면서 웃었지? 왜 모르는 놈이랑 신호를 보내? 그 새끼랑 잤어?" 이런 식으로 의심한다. 예시가 좀 심한가. 그럼 더 일상적으로는 이런 예시는 어떨까.

　"갑자기 약속을 잡아서 늦을 수밖에 없다고? 나는 막 한가해? 나는 심심해 죽겠고, 너는 바빠서 나 볼 생각이 요만큼도 없는데 내가 만나달라고 구걸한 거야? 네가 나 만나주는 걸 감지덕지해야 되는 거였니?" 잘못한 것은 딱 하나, 늦었을 뿐인데 졸지에 '완전 죽일 놈'이 되어버린다.

　직접적으로 화를 내지는 않아도 은근히 공격하기도 한다. 아주 긴 침묵과 말줄임표가 난무하다가 마지막에 "됐다. 넌 그런 식이지."라고 홀로 결론짓기까지. 대략 어디에서 화가 났는지는 짐작하겠지만 그래도 지나치게 멀리 가버려서 일을 더 키우는 대화와 분노들이다. 물론 기분이 상할 수는 있지만 그렇게까지 기분이 나쁜 건 본인이 너무 많이 상상해서 일을 더 키웠기 때문이다. 상대방의 말을 확대 해석해 생각이나 대화의 흐름이 진행되어버리는 것이다.

있지도 않은 일을 있다고 하고, 심지어 벌써 일어났다고 생각하는 건 그저 생각이 '다른' 게 아니라 '틀린' 것이다. 본 것은 삭제하고 그 이외의 다른 것들을 억지로 덧붙이는 식으로 편집해서 사실이 아닌 것을 주장하거나, 실은 있지도 않은 잘못된 사실로부터 현실을 판단하려고 하는 태도를, 플라톤은 가장 저급한 단계의 헤아림으로 취급한다.

우리가 누군가를 이해하는 일은 멋대로 상상하지도 않고, 잠깐 보인 모습을 전부라고 착각하지 않는 것부터 시작한다. 자기 멋대로 상상한 믿음에 홀리지 않아야 상대방에 대한 이해가 시작되는 것이다. 멋대로 지어낸 상상 속의 그에게 분노해서 현실의 그를 미워하거나 서러워할 일도 없고, 예전과 다른 그의 모습에서 사랑하는 마음이 달라졌다고 의심할 일도 없다. 진짜가 아닌 일을 진짜처럼 조작하고, 일부분을 전부로 과장하는 데 힘을 쏟지 말자. 싸울 때도 흥분하지 말고, 이성적으로 생각하자.

이성적으로 생각한다는 것은 차분하게 비교하고 구분하는 일이다. 여기서 비교란 너와 나를 비교하고, 세간의 다른 연인 관계와 우리 관계를 비교하고, 친구의 애인과 내 애인을 비교하는 (그러면서 점수 매기고, 우월감이나 패배감을 느끼며 내 연인을 비판하게 되는) 그런 비교가 아니다. 내가 연인에게 느끼는 서운함이나 불만 같은 것을 찬찬히 고르는 것을 말한다. 쌀을 씻으며 쌀과 돌, 쭉정이들을 골라내듯이 말이다.

도저히 좁힐 수 없는 연인과의 차이가 당신을 아프게 할 때 이성적으로 한번 살펴보자. 있지도 않은 일을 가지고 괜히 상처를 만드는 건 아닌지, 과거 연인의 모습에 집중하느라 현재의 모습을 제대로 보지 못하고 있는 건 아닌지, 변한 건 당신인데 눈치채지 못하고 있는 것은 아닌지. 감정이 식지 않아도 시간의 흐름에 따라 사는 모습과 생각이 달라지면서 어느새 서로가 바라고 기대하는 것이 변했을 수도 있다.

변하는 게 꼭 나쁜 건 아니다. 10살 때 바라는 일과 30살 때 바라는 일이 달라졌다고 나쁘다고 하지는 않는다. 연애 초기에는 놀이동산이나 영화관 같은 데서 데이트하고 싶었지만, 연애가 일상이 되면 평소에 자주 가는 북한산이나 도서관 같은 데서 데이트를 하고 싶을 수도 있다. 삶은 변하기 마련이므로 변화에 적응하는 시간과 시도가 필요하다. 당연히 연애 관계에서도 마찬가지다.

★
★

치명적인 방치가 된다

선부른 관대함에서

상대방을 이해하라고 말했지만, 누군가를 온전히 이해하기는 거의 불가능하다. 그래서 어쩌면 상대가 당신을 전적으로 이해해주기를 바라는 것 또한 말이 안 되는 바람일 수 있다. 그 결과 우리는 너무도 어려워서 불가능해 보이는 이해보다 관용의 길을 택하기도 한다. '네 생각을 이해할 수는 없지만 난 괜찮아. 그래도 우리 관계는 달라지지 않아. 네가 무슨 짓을 하든, 어떤 생각을 하든, 무엇을 원하든.' 같은 식이다. 꼭 분별하고 전체의 흐름을 알아야만 상대를 받아들이는 것은 아니니까. 오히려 '그럼에도 불구하고'

228
229

내 곁에서 나를 받아들이는 일이 더 사랑이라는 이름에 잘 어울리는 것 같다는 생각도 든다.

　안타깝게도 칠레의 생물학자 움베르토 마투라나는 잘 알지도 못하면서 존중하고 수용한다고 믿는 얄팍한 관용의 위험을 경고한다. 다른 사람을 잘 알지도 못한 채로 '너를 품겠다.'라고 선언하는 건 자칫 내 참을성의 한계를 확인하는 일로 끝나기 쉽다. 달면 삼키고 쓰면 뱉는 인간의 습성을 확인하는 일로 끝나기 쉬운 것이다. 게다가 그런 관계의 마무리는 "너랑 나랑은 정말 안 맞나 봐. 내가 이렇게나 애썼는데."라는 폐쇄적인 태도나 적대적인 태도로 이어진다.

　마투라나는 처칠과 히틀러를 예시로 든다. 히틀러는 자서전 『나의 투쟁』을 통해서 자기 행동의 목적과 전체주의의 야망을 노골적으로 드러냈다. 하지만 관용의 슬로건을 들고 나타난 신사들(영국의 기존 정치가)은 차이를 받아들일 수 있다며 히틀러를 자세히 보지 않았다. 그러나 처칠은 당시 영국 정치가들과 달리 부드러운 관용의 탈을 쓰지 않고 제대로 히틀러를 보고 들었다. 그 덕분에 히틀러의 의도와 행동의 방향을 정확하게 알고 히틀러를 막을 수 있었다.

진짜 상대를 이해하려고 한다면 자세히 보아야 한다. 자세히 보는 일은 때로 불편함이나 갈등을 동반한다. 왜냐하면 보기 싫고 마음에 들지 않는다고 해서 그저 덮어둘 수 없으니까. 때로 부드러운 태도는 제대로 보지도 않고, 보기 싫어서 덮어두는 피상적인 모습일 수 있다. 진짜로 품고 받아들이는 일과 거리가 먼 것이다.

사실은 자기 편하자고 하는 일이다. 더 자세히 제대로 보고 깊게 생각하기가 귀찮으니까 '여기까지'라고 선을 긋는 것이다. 그런 관용은 일시 정지 혹은 일시 유예에 불과하다. 자기 안에서는 이미 싫다고 느끼고, 거절할 것이고, 협의할 생각조차 없다고 답을 내렸지만 적극적으로 반대하지 않을 뿐이다.

그러니까 상대를 잘 알지도 못하면서 수용한다거나 존중한다거나 이해한다고 하는 것은 "아직까지는 너한테 크게 반대할 만한 일이 없다."라는 말일 뿐이다. 진짜로 상대가 원하는 것이 무엇인지도 모르면서 멋대로 선물을 가져다 안기고 '내가 선물을 줬으니까 아주 많이 좋아할 것'이라고 혼자 기대하고 그만큼 요구하는 것과 같다. 너무 배려하다가 멀어졌다는 말이 나오는 것도 그래서다. 마투라나 식으로 이야기하자면 그런 건 '너무 배려'는커녕 '그냥 배려'조차도 아니었던 셈이다.

자기라는 틀 안에서 상대의 선을 넘어볼 노력도 하지 않고 '이렇게 하면 저 사람의 마음이 상할 테니 아예 말을 말자.'는 건 배려가 될 수 없다. 정말로 그 사람 마음이 상할 것인지 아닌지 충분히 보고 생각해보았는가? 아직 부딪힐 일이 없어서 일어나지 않은 사건과 느슨한 태도를 관용으로 포장하지 말아야 한다. 그런 식의 관용은 상대를 정말 먼 남으로 방치하는 일이다. 자꾸만 엮여야 좀 더 알게 되고, 여러 가지 만남이 있어야 그 사람과의 관계 전체를 보고 믿음을 다져갈 수 있다.

자신의 선을 건드리는 일이 싫어서 상대방의 선을 건드리지 않고, 선을 건드리지 않기 위해 제대로 보지 않는다면 그야말로 무심한 방치와 다르지 않다. 결국은 다시, 그 사람을 제대로 바라보는 일이 중요하다.

★
★

잘 보기 위해서는 거리가 필요하다

마투라나는 적에게도 존중의 태도가 필요하다고 말한다. 정확히 알지 못하면 단호하게 반대하지도 못하기 때문이다. 사랑하는 사이에서는 오죽하겠는가. 우리는 반대하기 위해서 상대방을 정확하게 알려고 하는 것이 아니다. 의외로 상대의 모든 면에 찬성하기 위해 상대를 존중하는 것도 아니다. 상대를 살아 있는 사람으로 사람답게 대하고 사랑하기 위해 상대를 존중하는 것이다. 자신과 너무도 다른 상대를 이해하기 위해서다.

에리히 프롬은 성숙한 사랑에는 5가지 요소가 필수라고 말한다. 그중 하나가 바로 존중이다. 정확하게는 존경이다. 존경respect의 어원은 라틴어로 바라본다respicere는 뜻이다. 거리를 두고 건드리지 않고, 판단하거나 평가하지도 않는다.

본다는 건 그런 것이다. 존경은 어떤 사람을 있는 그대로 보고 그 사람만의 독특하고 고유한 세계를 아는 힘이다. 허리를 숙이고 머리를 굽히며 "하시옵소서."라고 극존칭을 쓰는 것만이 존경은 아니다.

쉽게 말하면 젓가락질이 서툰 사람에게 "너 밥 먹을 때 젓가락을 이렇게 쥐어?"라면서 "너 이상해."라고 판단하는 게 아니라, "너는 이렇게 하는구나!"라며 알아나가는 것이다. 상대방이 생각하는 사랑과 당신이 생각하는 사랑이 다른 방식으로 드러나더라도 일단은 지켜봐야 그다음을 말할 수 있다. 맞춰가거나 타협하거나 굴복하거나 이기는 건 모두 그다음의 일이다.

눈을 뜨고 있다고 해서 다 보는 것은 아니다. 눈을 뜨고도 보지 못한 채 지나는 일들이 얼마나 많은가. 나의 눈앞으로 들이닥쳐 내가 거부할 새도 없이 '보이는' 것들이 아니라면, 우리 눈앞을 그저 스쳐지나가는 것들이 대부분이다. 보는 일은 의외로 상당한 집중을 요구한다. 다른 말로 하면 관심과 마음을 그곳에 두는 일이다. 계속 보기 위해서 우리에게는 관심이 필요하다.

또한 보는 일은 하나씩 부수고 쪼개어 말로 정리하는 것 이상으로 전체를 느끼고 받아들이는 일이기도 하다. 그가 당신을 처음 만났던 날 어떤 옷을 입고, 어떤 머리 모양을 하고, 어떤 표정을 하며 어떤 농담을 했는지, 당신이 아무리 설명을 해도 다른 사람은 당신만큼 알 수 없다. 당신이 그때 그에게 어떤 느낌을 받았는지는 더더욱 알 수 없다.

만약 당신이 눈으로 본 것과 똑같은 장면을 영상으로 만들어서 보여준다면 어떨까? 말로 설명하는 것보다는 훨씬 더 잘 알 수 있을 것이다. 그러면 말로는 다 설명할 수 없는 뭔가가 있음을 알아차릴 수 있을 것이다.

당신의 눈을 대신하는 카메라가 상대를 바라보고, 상대방에게 집중하는 포인트가 이동하고, 그 속도가 달라지고, 주변의 색이 달라지고, 경치가 흐려지고, 그 사람의 입매가 클로즈업되는 모습을 함께 보면 느낄 수 있을 것이다. 그는 당신에게 특별한 사람임을, 그는 특별한 뭔가를 지닌 사람임을, 그가 당신에게 유일한 사람이라는 사실을 말이다.

그 '뭔가'가 무엇인지는 물론 알 수 없다. 똑같이 본다고 똑같이 느끼는 것은 아니기 때문이다. 다만 사람은 글보다 그림으로 보일 때, 시간만이 아니라 공간의 흐름까지 함께할 때 조금 더 잘 알 수 있다고 한다. 심지어 자기 자신에 대해서도 가장 처음으로 얻게 되는 앎은 대개 그런 '보는 일'에서 온다. 본 후에야 알아차리게 되는 것이다.

★
★

거리가 필요하다
사랑도 이해도

성숙한 사랑과 진정한 이해를 원할 때 두 사람 사이의 차이가 꼭 방해 요소만은 아니다. 차이를 없애고 같아져야 할 필요는 없다. 오히려 둘이 지나치게 밀착되어 있거나 한 덩어리가 되지 않을 때, 둘 사이에 간격이 있을 때 당신은 그를 더 잘 볼 수 있다. 두 사람 사이의 거리와 차이가 오히려 서로를 이해할 수 있도록 돕는 사다리가 될 수도 있다는 말이다.

당신이 그 사람과 같아져야만 '그'라는 세계의 풍경이 될 수 있는 것은 아니다. 지금 당신이 보는 광경은 나무와 풀, 꽃과 하늘,

바다와 바람 등 서로 다른 것들이 모여서 조화를 이루고 있다. 그와 당신의 관계도 마찬가지다. 당신이 반드시 그가 있는 자리에 가서 '그를 사랑하는 자신'을 제외한 나머지 관계와 생각을 전부 삭제하거나, 그와 딱 붙어 하나가 될 필요는 없다. 당신이 그가 되지 않아도, 아니 오히려 그가 되지 않기 때문에 당신은 그와 조화로운 풍경을 이룰 수 있는 것이다.

당신도, 당신의 연인도 지금까지 많은 것들을 경험하며 지금의 모습이 되었다. 심지어 그런 모습이 스스로의 마음에 들지 않는다고 해도, 사랑의 힘이 아무리 위대하다고 해도 지금까지 살아온 모습을 전부 바꿀 수는 없다. 바꿀 수 있더라도 단번에 되는 것은 아니다. 한 명이 만들어놓은 사랑의 방법으로 다른 한쪽을 끌어들이려 한다면 꼭 그 사람이 아니라도 상관없는 것 아닐까?

진정으로 사랑하고 이해한다는 것은 서로의 틀에 상대방을 끼워 맞추는 것이 아니라, 둘이 '따로', 하지만 '함께' 어우러지는 일이다. 다시 말해 사랑은 꼭 같아지는 것이 아니라, 서로 다른 두 사람이 만나 하나의 풍경을 만들고 그 안에서 함께하는 일이다. 사랑이란 자신과는 아주 다른 상대방을 보면서 자신이 만든 세계의 경계를 확인하고, 확인한 만큼 다시 늘려가는 것과 같다.

우물 안에서는 자기가 우물 안에 있는지 모르는데 우물의 담 위에 앉으면 우물 안과 밖이 한눈에 보인다. 그리고 알게 된다. '내가 그동안 우물 안에 있었구나. 사실은 나아갈 곳이 더 있구나.'라고 깨닫는 것이다.

자기 세계의 경계를 확인하는 일도 마찬가지다. '고작 여기까지'라고 좌절하는 게 아니라 그 이상을 넘어설 수 있는 발판을 만드는 것이다. 그러니까 당신과 많이 다른 그 사람은 당신을 괴롭게 하기도 하지만 괴로운 만큼 넘어설 수 있는 발판이기도 하다. 더 넓게, 더 멀리 보고 세상을 더 깊이 만날 수 있게 돕는 역할을 한다.

당신은 그를 100% 이해하지 못할 수도 있다. 그래도 서로 밀어내거나 중단하지 않고 맞닿아 있으면 된다. 보고 또 보면서 당신이 그 안으로 걸어 들어가 풍경이 될 것이다. 우리에게는 멈추지 않고 움직이는 활동과 시간이 필요하다. 이해와 사랑은 결코 지금 이곳에서 멈출 수 없으니까.

★
★

내 몫까지 사랑을

대신해줄 수 없을까

최근 사람들의 다양한 고민에 관한 해답은 대개 2가지로 정리된다. 자존감 아니면 힐링. 스스로를 아끼고 사랑할 줄 알면 그것이 바로 힐링이다. 그런데 고기도 먹어본 사람이 잘 먹는다고, 사랑도 받아본 사람이 잘할 수 있는 것 아닐까? 받아본 사람만이 베풀 줄 안다는 말도 있듯이.

만일 당신이 사랑을 듬뿍 받고 자랐다면 괴로움과 실의에 빠져 있을 때도 당신은 다시 일어설 수 있다. 스스로를 사랑하는 법을 이미 알고 있기 때문이다. 그렇지만 만일 당신이 사랑이 부족한 채로 자라났다면 어떨까? 당신을 사랑해주는 사람을 만나야지만 그 허기짐과 구멍 뚫린 공간을 채울 수 있지 않을까?

스스로 자신을 잘 돌보지 못하는 사람이 꿈꾸는 사랑은 다른 한쪽에게 엄청난 부담이 될 수 있다. 한쪽이 다른 쪽을 떠맡아 대신 멀쩡해야 한다는 부담이다. 상대방을 좋아하고 아끼는 건 상대방도 어쩌지 못하는 스스로에 대한 마음을 대신 떠맡아주는 일과는 다른데 말이다. 나도 한계가 있는 보통 사람인데, 사람들은 종종 사랑이라는 이유로 그 모든 것을 당연히 감당해주기를 요구한다. 아무리 사랑해도, 힘이 달리는 건 어쩔 수가 없다.

'벗을 사귈 적에는 나보다 나은 사람을 만나라.'는 말이 있다. 어릴 적에는 그 말의 본 의미를 알지 못해 한참 의아했다. '그러면 내가 사귀고 싶은 상대방도 자기보다 나은 사람을 만나고 싶어 하니까, 나랑은 친구를 안 해주지 않을까? 각자 자기보다 더 나은 사람만 쳐다보면 친구를 할 수 없을 텐데, 그러면 말이 안 되잖아?'라는 의문이었다.

사랑도 그렇지 않을까? 언제나 나를 대신해서 내 몫까지 맡아서 더 크게 사랑을 줄 수 있는 사람을 찾는다면, 우리는 영원히 커플이 되지 못한 채 서로의 등 뒤만 쳐다보게 될 것이다. 스스로를 사랑하지 못하면서 남이 자신을 사랑해주기를 바라는 마음은 좋은 연애를 불가능하게 만드는 요소다. 설마 상대에게 바라는 사랑이 '나라는 애물단지를 대신 짊어지는 일'이 아니라면.

그렇다면 스스로를 사랑하기 전까지는 타인에게 사랑을 받을 수도 없고 사랑을 전할 수도 없다는 이야기가 되는 걸까? 사랑이 없어서 사랑을 바라고, 혼자로는 온전할 수 없어서 상대에게로 향하게 되는 것인데.

이상한 뫼비우스의 띠다. 스스로 해결이 안 돼서 다른 사람의 도움을 좀 받으려고 했더니 다른 사람과 잘 지내려면 자신의 문제부터 잘하라고 한다. 이게 무슨 "홍시 맛이 나서 홍시 맛이 난다 하였는데, 어찌 홍시 맛이 나냐 물으시면 홍시 맛이 나서 홍시 맛이 난다고 할 수밖에." 같은 이야기란 말인가. 출구도 없는데 비극이기까지 하다. 홍시는 맛있기라도 한데!

자기를 사랑할 수 있는 사람만이 다른 사람과도 사랑할 수 있다고 한다면, 처음에 배제된 사람은 계속해서 배제될 수밖에 없을까? 사랑에도 유산자와 무산자를 가르는 계급 이론이 있는 것일까?

★
★
★
왜
반
지
를
못
하
니

사
랑
을
주
는
데,

겉보기에 스스로를 잘 챙기고 독립적인 사람처럼 보인다고 해서
속마음까지 그런 것은 아니다. 나의 연애 패턴과 상대방에게 바라
는 사랑의 모습을 곰곰이 돌아보자. 백마 탄 왕자님을 기다리듯이
누가 당신을 결핍의 구렁텅이에서 건져주기를 바라고 있는 것은
아닌지.

"사랑해주세요. 나 대신 내 몫까지 당신이 전부 사랑해주세요.
그러면 저는 제 사랑을 몽땅 당신에게 바칠게요." 사랑이란 무릇
그런 것 아닐까? 자신도 어쩌지 못하는 자기를 타인이 감싸주는

일. 그래서 사랑이 위대한 것이다. 문제는 사랑'받기'에 대한 갈망이 강해지면 정작 사랑받을 때는 받는지조차 모를 수 있다는 점이다. 사랑을 통해서만 자신의 상처, 공허함, 불안, 목마름이 메워질 수 있다고 믿는다면 그 관계는 사랑이 아니라 의존인 동시에 착취하는 관계가 되기 쉽다.

무엇 때문이든 무엇을 향해서든 간에 지독한 굶주림과 그로부터 생겨나는 불신, 피해 의식, 열등감, 보상 심리 등이 자기 안에 가득하고, 너무 아파서 다른 것을 잘 느낄 수 없는 상태라면, 모든 신경과 우선순위가 자기와 자신의 빈 곳으로 쏠리기 마련이다. 그러니 연인 관계에서도 상호성보다 일방통행을 당연하게 생각하게 되기 쉽다. "난 이만큼이나 아팠고 너무 비어 있는 상태야. 나를 사랑한다면 나를 채워줘, 내 아픔을 먼저 돌봐줘."라는 식이다.

말로 하지 않고 은근하게 신호를 보내기도 한다. 타인이 감당하지 못할 정도로, 타인이 원하지 않는 방식으로 연인의 삶에 간섭하는 것 또한 그런 신호 중에 하나다. 남들이 보면 정말 좋은 애인을 만났다고 감탄할 정도로 자신의 모든 것을 쏟아 부어 하나부터 열까지 애인 위주로, 자신은 돌보지 않고 애인 우선으로 챙기는 것도 마찬가지다. '자, 내가 먼저 이만큼 했으니 너도 당연히 이만큼 해야 해.' 자신의 바람을 그런 식으로 표현하는 것이다.

물론 연인 사이에 누구라도 기대는 할 수 있지만, 문제는 그 기대가 좌절되거나 자신이 생각했던 만큼 충족되지 않았을 때 나타나는 반응이다. 상대를 일방적으로 매도하거나, 자학의 끝을 달리는 것 모두 '반드시 이렇게 되어야 했다.'는 생각의 반영이다. 막다른 곳으로, 그것도 스스로 만들어낸 막다른 곳으로 상대와 우리의 관계를 밀어 넣고 시험하는 일과 다를 바 없다.

 지금의 당신과 당신의 삶을 어떻게 생각하고, 어떤 부분을 가장 크게 느끼고 있는지 생각해보자. 혹시 무엇을 하더라도 두렵고 한시도 긴장을 풀 수 없는가? 당신이 받을 수 있는 것은 없고, 반대로 당신 쪽에서 해야 하는 의무만 늘어나는 것 같은 관계 속에 있는 것 같은가? 당신이 생각하고 선택하는 일들은 모두 표준에서 벗어나기 때문에 항상 검열과 확인이 필요하다고 생각하지는 않는가? 이를테면 당신이 적절한 곳에서, 올바른 방식으로 살고 있지 않은 불량품 같다는 생각이 말이다.

 우리 인생이 늘 뜻대로 풀려가지는 않기에 때로는 그런 기분이 들 수도 있다. 그러나 내가 지금까지 계속 '그런' 식이었고 과거에도 지금도 앞으로도 계속 '그런 사람'이라고 생각한다면, 문제는 상대방이 나에게 사랑을 얼마만큼 어떻게 주느냐가 아니다. 악을 응시하는 자는 어느새 자신도 악이 된다고 했던가. 오랜 시간 부정적인 감정이나 결핍감에 시달렸던 사람들은 종종 그 감정 자체가 자신이라고, 그것만이 자신의 전부라고 생각하기도 한다. 그러면 당연히 스스로를 믿을 수 없다.

그러다 보니 당신에게 다가오거나 당신을 좋게 봐주는 사람들의 말과 마음까지도 믿기 어려워진다. 믿지 못하니 거리를 두고 벽을 세운 채 상대방을 시험하곤 한다. 아니면 아이가 엄마의 손길을 바라듯이 지속적인 관심과 주의 깊은 행동을 요구하기도 한다. 달마다 돌아오는 어음을 막는 것처럼. 어음을 못 막으면 부도나는 것처럼. 엄격하게 상대방의 마음을 확인하려 하는 것이다. 그런 식이라면 좋았던 관계도 어려워지지 않을까?

당신이 스스로에 대해 부정적으로 생각하고, 사랑을 서로가 서로에게 완전히 기대는 관계라고 생각한다면 사랑으로 행복해지기는 쉽지 않다. 상대방이 당신 몫까지 다 안고 가는 데도 한계가 있고, 스스로를 충분히 존중하지 못하는 사람이 상대방을 있는 그대로 보기도 어렵다. 대개는 연애 상대를 선택하는 것부터 삐끗하는 경우가 많다. 자신은 멀쩡하지 않기 때문에 멀쩡히 사랑하고 행복해질 수 없을 것 같으니 모든 일이 잘 풀리면 오히려 불안해진다. '이럴 리가 없는데, 어디선가 크게 뒤통수를 맞을 거야.'라고 생각해버린다.

그런 생각을 하는 사람들은 처음부터 연애 상대로 권하고 싶지 않은 상대를 고르는 일이 많다. 일부러 그런 사람을 택하기도 하고, 은연중에 그런 선택을 반복하기도 한다. 위험지대를 미리 알고 시작하면 적당히 예측하고 적당히 감당하면서 견딜 수 있을 것 같으니까. 심리적으로 기울어져 있는 자신과 균형도 맞아 보여서 말이다. 그런 관계는 겉으로는 매끈해 보여도 언제 흩어질지 모르는 안개와 같다. 서로가 불쌍해서 같이 우는 법은 알아도 더 많은 사람과 더 넓게 행복한 순간을 함께하기란 어렵다.

잘못된 선택을 반복하는 관계의 패턴을 변화시키고 싶은가? 상대가 당신의 짐을 대신 짊어지기를 바라는 것이 아니라면, 당신 자신에 대한 생각과 사랑에 관한 당신의 생각을 다시 돌이켜보아야 한다. 나는 보잘것없으니 상대방이 나를 감싸주어야 한다는 생각은 사랑과 타인에 대한 겸손함을 뜻할 수도 있지만, 실은 자존감이 낮아서일 수도 있다. 그렇다. 무슨 고민에서든 단골손님처럼 뒤따르는 그 자존감 말이다.

상관관계

힐링과 자기 사랑의

사실 한 개인이 하는 많은 고민들은 그 사람 특유의 개인적인 조건에서만 비롯된 것이 아니라서 사회적인 조건도 함께 고려할 필요가 있다. 그렇지만 사회적 조건은 지금 당장 혼자만의 힘으로 바꾸기가 어려우니, 개인의 고민 상담에서는 일단 당장 스스로 어떻게 해볼 수 있는 요소들부터 논하게 된다. 할 수 있는 것부터, 그나마 쉽고 가까운 것부터 행하기 위해서.

고민을 스스로의 태도 변화로 해결하려는 접근은 분명히 유효하고 의미가 있다. 다만 세상의 모든 어려움을 '개인의 견디는 능력' 문제로 환원하려는 태도는 경계해야 한다. 개인의 고민은 개인이 만들어낸 정황이나 조건 때문만은 아니라는 점, 그럼에도 불구하고 개인의 고민이기에 매우 주관적이고 특수한 문제라는 사실을 동시에 염두에 두어야 한다.

문제는 개인이 스스로 고민을 대하는 태도를 바꾸는 것조차 그리 쉽지 않다는 것이다. 사건, 사물, 자신을 대하는 태도는 오늘부터 바꿀 수도 있지만 반대로 몇십 년이 걸려도 바꾸기 어려울 수 있다. 자기 의지 없이 억지로 바꾸면 다시 출발했던 장소로 돌아가기 쉽다. 자발적으로 변화하려면 스스로 충분히 생각한 다음 자신의 생각부터 달라져야 하니 어렵다. 태도를 바꾸는 과정에서도 생각과 일치하지 않는 현실과의 간극을 어떻게 대할 것인지를 꾸준히 고민하고 실천해야 한다.

스스로 성찰할 시간이 잘 주어지지 않고, 그런 성찰마저 남에게 빨리 보여줄 만큼 번드르르하게 하는 것이 목표인 현대사회는 빠른 결론만을 요구한다. 그러다 보니 우리는 자신을 도와줄 전문가에게조차 즉시 확인 가능한 결과만을 요구한다. 사실 그 과정이 중요한 것인데. 한 시간에 고민 하나씩, 원 포인트 레슨one point lesson을 받듯이 문제를 해결하고 싶어 한다.

골프 방송을 보면 '○○○ 프로와 함께하는 원 포인트 레슨' 같은 프로그램이 있다. 사실 어떤 분야든 상관없다. '박지성과 함께하는 어린이 축구 교실'이나 '김연아와 함께하는 30분 피겨 강좌'도 마찬가지다. 공간 인테리어나 정리 기술, 사회생활에 필요한 예절과 대응법 등 어느 분야에서든 전문가란, 부분을 전체와 함께 보는 시야를 가지고 있는 능력자다. 따라서 현재 상태를 보여주고 그에 관한 소견을 듣는 것만으로도 아주 짧은 시간 안에 많은 발전을 기대할 수 있다. 혼자서는 미처 발견하지 못했던 점들을 짚어주고, 달성하고자 하는 목표와 관련해서 부족한 점을 조언해주니 말이다.

예를 들어 A는 피겨 스케이팅을 누구보다 잘하고 싶다. 그런데 실력이 정체기인 것 같아서 상담을 요청했더니 김연아 선수가 A를 보고 한마디 한다. "재능도 있고 체력도 있는데 문제는 연습이에요. 꾸준한 연습량이 뒷받침되어야 합니다." 그 후 A는 첫술에 배부르기를 바라진 않았는지, 꾸준히 철저하게 연습하고 있는지 반성하게 된다.

피겨 스케이팅을 하는 목적이 무엇이고 목표를 달성하기 위한 필수 요소가 무엇인지 정확하게 알고 있는 전문가의 지적에 따라 자신을 돌아보니 아쉬운 점을 알게 되고, 그것을 개선하기 위한 노력과 행동을 시작하게 되는 것이다.

힐링을 위한 상담이나 명상, 강연 등도 그렇다. 비록 짧은 시간이지만 전문가의 이야기를 들음으로써 자기 삶의 목표와 동기를 점검하고, 그 과정이 잘 이루어지고 있는지를 돌아보며 아쉬운 부분을 강화할 수 있다.

당신은 삶의 목표가 무엇인지, 아니 어떤 사람으로 어떻게 살고 싶은지 알고 있는가? 조언받은 내용을 자신의 삶에 반영하며 꾸준히 실천하고 있는가?

힐링의 메시지는 단순하다. 사랑·긍정·평온이다. 과한 것들은 덜어내고, 타인과 자신을 비교하지 않고, 눈앞의 성공과 실패를 나 자신과 맞바꿀 정도로 일희일비하지 않는 것이다. 이를 위해서는 삶을 전체적으로 사유하는 시야를 가져야 한다. 다른 것과 자신을 비교해서 탐내거나 우월감에 빠지지 않고, 한 번 실패했다고 혹은 99번 실패했다고 해서 '나'라는 사람 자체를 실패자로 낙인찍지 않으려면 굳건한 힘이 필요하다. 굳건한 힘을 낼 수 있는 것 자체도 능력이다.

그런 힘은 어디서 오는 걸까? 흔히 자신을 사랑하고 아끼는 자존감에서 온다고 한다. 다시 말해 힐링을 위해 필요한 요소 또는

강화해야 할 요소가 바로 자존감인 것이다.

　　우리는 이제 더 큰 문제에 부딪히게 된다. "제가 저를 잘 사랑했으면 굳이 힐링 전문가를 찾아오지도 않았을 거예요. 저를 사랑하는 법을 잘 모르니까 알려달라고 찾아온 거라고요!"

★
 ★
머 자
나 존
먼 감
  을
  찾
  아
  서

나를 어떻게 사랑할 수 있을까? 자기 사랑self-esteem을 구성하는
요소는 다시 자신감(자기 수행능력)과 자존감(자기 가치평가)으로 나
누어진다. 여기서 자신감은 어떤 일을 해낼 수 있다고 믿는 마음
이다. 자신감自信感이라는 한자어의 풀이가 사실 스스로 신뢰하는
느낌을 준다. 예를 들면 '운전면허 시험에 한 번에 합격할 수 있
다.'라거나, '다음 시험 성적에서 A학점을 받을 수 있다.' 하는 것
들이다.

　수행능력에 대한 자신감을 기르는 것은 그리 어렵지 않다. 아

주 작고 사소한 것부터 해내는 경험을 쌓으면 된다. 대나무 위로 날아다니며 싸우기 위해 아주 낮은 단을 뛰어넘는 연습부터 시작하는 중국 무협 영화에서처럼, 성공하거나 성취하는 경험을 자꾸 만들어가는 것이다. 우리가 학교에서 배우는 교과 과정들과 비슷하다. 제일 쉬운 것을 먼저 배우고 풀어본 후 그다음 단계로 넘어가는 식이다. 하나씩 차근차근 쌓아서 마침내 어려운 과제에 도전하는 과정과 훈련들의 연속이다.

자기를 사랑하는 능력에서 더 근본적이지만 자신감처럼 단계적으로 쌓아가기가 쉽지 않은 것이 있다. 우리가 흔히 자존감이라고 부르는 자기 가치평가다. 자존감은 자신의 능력과 무관하게 자신에게 충분하고도 무조건적인 가치가 있다고 믿는 일이다. 이는 곧 그 어떤 상황에서도 아무런 조건 없이 '나는 충분한 사람'이라고 생각하는 마음을 말한다.

주위를 둘러보면 자존감이 높지 않은 사람들이 오히려 열심히 사는 경우가 많다. 기를 쓰고 아등바등 '자기관리'를 하는 것이다. 자기를 잘 믿지 못하니까 관리를 하고 신경을 쓴다. 괜찮은 사람이라는 확신이 없으니 객관적으로 확인 가능한 능력치라도 높이려고 하는 마음에서다. 게임을 할 때 캐릭터의 기초 체력이 높지 않으면 마법이나 약물이나 기술 등 게임 아이템이 훌륭해야 살아남을 수 있는 것처럼.

그렇게 자기 바깥의 것을 쌓아올리려고 하는 사람들은 시간과 노력을 투자해서 어떤 역할을 맡고 어느 위치에 올라와야 비로소 겨우 안심한다. 최소한 자신이 하는 일만큼의 필요와 호의는 얻을 수 있을 테니까. 나는 이 일에서만큼은 반드시 필요하고 가치 있는 사람이라고 믿음을 얻는다. 하지만 그렇게 쌓아 올린 상대적인 자기 가치는 언제든 흔들리기 쉽다. 그것도 아주 크게. 분업과 기계화·합리화된 노동이라는 특징을 지닌 자본주의 사회에서라면 더욱 그렇다. 왜냐하면 자기 자리에 다른 팀원이 들어와도 굴러가는 게 회사 일이기 때문이다.

만일 외모 등을 포함해서 일과 능력으로만 자기를 증명하고 인정받고 사랑받을 수 있다면, 스스로에 대한 공허감은 더 심해지면 심해졌지 채워질 수는 없다. 빛과 그림자의 관계처럼 진짜 나(라고 믿고 있는)의 얄팍함과 어두움이 더 강조될 뿐이다. 이 많은 호의가 진짜 자기를 보면 사라질 것 같다는 마음이 든다.

태어날 때부터 '난 괜찮은 사람이야, 난 그 자체로 사랑받을 만해.'라는 생각을 머리와 가슴에 담고 있는 사람은 없다. 스스로에 대해서든 타인에 대해서든 가치나 평가라는 것은 반드시 비교할 만한 기준과 척도가 있어야만 가능하다. 그래서 자존감은 어린 시절의 양육 환경 및 경험을 통해서 만들어진다. 언어도 의식도 정교해지지 않은 상태의 아이들은 '나'라는 사람이 어떤 모습이며 어떤 타입인지를 스스로 정확하게 정리할 수 없다. 그렇기 때문에 아이들의 자기 이미지는 타인이나 어른들이 대하는 방식을 통해서 형태가 잡히게 된다.

오해하기 쉽지만, 그렇다고 해서 건강하지 않은 자기 이미지가 모두 부모 탓이라는 뜻은 아니다. 아이를 학대하거나 아이와 눈에 띄게 사이가 좋지 않기 때문에 부정적인 자기 이미지나 낮은 자존감이 자리 잡는 건 아니라는 것이다.

어른에게는 분명한 이유가 있는 행동이나 이번 한 번뿐인 예외적인 행동이라도 아이들은 마치 그것이 전부인 것처럼 생각할 가능성이 있다. 예를 들어 지금 냄비에 물이 끓어 넘치고 있다고 치자. 당장 처리하지 않으면 큰 사고가 날 것 같다. 그래서 아이가 안아달라고 할 때 아이를 안아줄 수 없었다. 이런 일이 몇 번 반복되면 아이는 자신이 부모에게 거절당했다고 느낀다. 그 거절의 진짜 이유를 아이의 시야로는 찾을 수 없기 때문에 가장 찾기 쉬운 것과 연결 짓는다. 바로 자기 자신이다. '나는 거절당할 만한 아이구나.' 같은 식으로 말이다.

아이의 자존감은 참 어려운 문제다. 사실 부모가 아이에게 매 순간 긍정적인 영향을 주는 행동만 할 수는 없다. 알지 못해서든, 알고서도 사정이 있었기 때문이든, 무심해서든, 아이를 대하는 태도를 하나하나 통제하고 조절할 수 없다. 그렇게 하려고 노력한들 완벽할 수도 없다. 게다가 부모라는 역할을 맡았다고 해서 사람이 갑자기 완벽해지는 것은 아니다. 우리는 모두 서투른 과정을 거치며 살아가기 때문이다.

어린 시절 형성된 의식의 기초, 특히 자기라는 밑그림을 변화시키는 일은 쉽지 않다. 우리는 밑그림 위에 채색을 한다. 이미 덧칠해진 것이 많은 상태면 밑그림이 어땠는지 알아차리기조차 어렵다. 무릎이나 발목 관절이 약하면 부상을 입기가 쉽고 부상을 입으면 그 여파로 다시 무릎이나 발목에 충격이 전해지는 악순환처럼, 얄팍한 자존감은 자꾸만 우리의 발목을 붙드는 악순환이 될 수 있다. 심지어 자신을 그런 방식으로 생각하고 있다는 것조차 알아차리지 못한다면 더욱 그렇다.

★
★
흠집을 붙들지 말자

많은 것 중 하나일 뿐인

사람들이 좋아하는 일련의 힐링은 대개 나를 이끌어줄 타인에 의
지하는 경우가 많다. 그러나 스스로 깊이 생각하지 않고 남의 말
을 따라가는 건 임시적인 주사나 약물 처방과 다를 게 없다. 일시
적인 처방일 뿐만 아니라 혼자서는 불가능하기 때문에 계속해서
자기가 아닌 바깥에 집중하기 쉽다. 상처는 자기 안에 있는데도
말이다. 자기 인생, 자기 상처, 자기 마음인데 자기의 생각과 주도
권 없이 타인의 지시만 있으면 이상하지 않은가.

　요즘에는 병원에 가도 의사 선생님이 환자에게 일방적으로 지

시하지 않는다. 중병일수록 환자에게 많은 정보를 공개하고, 의사와 환자가 각기 자신의 입장에서 병을 어떻게 다루어야 하는지를 함께 논의하려고 한다.

현대는 무병장수가 아니라 유병장수의 시대라고 한다. 병이 아예 없을 수는 없다. 이제는 병과 함께 사는 법을 고민해야 할 때다. "상처가 없는 사람은 없다."라는 말도 같은 의미다. 그 말은 나만 특별히 다르거나 못나다는 뜻이 아니기도 하지만, 우리는 상처와 함께 살아갈 수밖에 없다는 뜻이기도 하다.

우리는 이미 태어났고, 시간을 거쳐서 여기까지 왔고, 지금도 시간을 통과하는 중이다. 우리 인격은 포장을 개봉한 후 세상과 함께하고 있는 상품과 같다. 아무런 흠집이 없을 수는 없다. 흠집이 나쁜 것만도 아니다. 피하지 않고 세상과 마주해온 증거이기도 하기 때문이다. 그만큼 발효와 성숙의 길을 걸어왔다는 기록이기도 하다.

우리는 죽어서 정지한 상태가 아니라 계속해서 살아 움직이고 있기 때문에 누군가를 만나고, 때로는 두들겨 맞거나 엉켜가면서 조금씩 달라지고 있다. 그런 게 바로 사는 것이다. 삶이란 타격과 흠집, 상처와 함께하는 일, 하지만 여전히 나인 채로 살고 또 변화하는 일이다. 중요한 것은 상처를 제거하는 일도 아니고 어떻게든 원래대로 되돌리는 일도 아니다. 상처를 안은 채로 상처와 함께 멈추지 않고 사는 것이다.

우리는 자기도 모르게 지금 가지고 있는 자신의 이미지가 고정된 것이라고 생각한다. 외부에서 힘을 가하기 전까지 모든 물체는 자신의 상태를 계속 유지하려고 한다는 관성의 법칙을 자기 자신에게도 그대로 적용한다. 그렇지만 우리는 바깥에서 힘을 주기 전에는 움직일 수 없는 정지 상태의 물체가 아니라는 점을 잊지 말자. 우리에게는 스스로 힘을 가하거나 방향을 바꿀 수 있는 계기가 있다. 외부에 의해서만이 아니라 내부에서부터 변할 수 있다.

실제로 숨 한 번, 웃음 한 번, 악수 한 번, 그리고 생각 한 번에 변하기도 한다. 우리가 위대해서가 아니라 평범하기 때문에 그럴 수 있다. 평범한 우리들은 이미 바깥과 닿은 채로 늘 열려 있으니까. 우리는 닫힌 채 다시는 열리지 않는 방도 아니고, 한순간에 고정된 채 변할 수 없는 그림도 아니다.

실패와 비겁함, 악함과 지질한 모습들이 남들은 모르는 자기 이미지라고 해도 우리의 인생에서 그런 모습이 전부는 아니다. 다만 아주 깊은 인상을 준 이미지들이 대표로 자기 앞에 서 있을 뿐이다. 그것만 보지 말자. 우리가 텔레비전 프로그램을 떠올릴 때

연애의
기대와 희망

먼저 9시 뉴스나 몇몇 대표적인 예능 방송, 인기리에 방영 중인 드라마가 생각나겠지만, 그것만으로 방송국이 굴러가는 건 아니다. 우리가 보지 않는 크고 작은 프로그램, 그 사이의 광고, 자막, 음악, 그리고 그 모든 것을 만들기 위해 수고하는 사람들이 있다. 우리도 마찬가지다. 우리가 기억하고 새기고 있는 결핍과 좌절, 실패와 괴로움만이 우리의 전부는 아니다.

받지 못하고, 알지 못하고, 누리지 못했던 기억과 감정이 자신을 지배하도록 내버려두지 않았으면 좋겠다. 누구나 그런 흠집들이 있다. 지치고 피곤할 때는 더 크게 보일 뿐이다.

"내가 곤경에 처했을 때, 성모 마리아가 내게 나타나 지혜의 말씀을 해주길, 그대로 있으라." 전 세계인의 애창곡인 비틀즈의 〈렛잇비Let it be〉 가사다. 가만히 있으라는 건 부정적인 생각과 감정이 자신을 뒤엎도록 내버려두라는 뜻이 아니다. 거기에 힘을 보태라는 뜻은 더더욱 아니다. 살면서 부정적인 감정을 피할 수 없더라도, 어느 순간에 그런 것에 휘말리더라도, 나서서 붙들지 말고 온 것마냥 물러가도록 흘려보내라는 뜻이다.

흠집이 있어도 제 목적에 충실하고 잘 기능하면 우리는 그 물건을 구매한다. 당신이 살아가는 목적은 무엇인가? 당신의 상처와 결핍은 지울 수 없다. 그럼에도 불구하고 여전히 우리는 만나고 느끼고 생각하고 행동하며 살아간다. 그것이 가장 중요하다.

치유는 주도적으로 자신의 리듬으로 자기를 돌보는 일이다. 진짜 힐링은 무엇에서 힌트를 얻든, 누구를 모델로 삼든지 간에 자기만의 리듬으로 자신을 보듬을 수 있을 때 가능하다. 스스로를 돌아보고 무리하지 않으며 살아가는 일은 자기 자신으로 살아간다는 말과 같다. 애써서 남이 되려고 하지 않을수록 우리는 스스로를 사랑할 수 있다.

스스로를 사랑하자

연인을 사랑하는 만큼

사랑받기를 바란다면 먼저 스스로를 봐주자. 자기를 먼저 사랑하라는 말까지는 안 하겠다. 당신을 사랑해줄 상대에게 모든 것을 맡길 수 없다는 것만 기억하자. 평양감사도 저 싫으면 그만이라는데, 이쪽에서 아무리 금이야 옥이야 온갖 것을 가져다 바치면 뭐하나. 당신이 스스로 만든 가짜 이미지나 일시적인 이미지에 눈이 멀어서 상대가 주는 사랑을 제대로 보지도 못한다면.

"자세히 보아야 예쁘다. 오래 보아야 사랑스럽다."라는 말이 있다. 한 번에 모든 것을 알아차릴 수 있는 사랑이라면 정말 좋겠지만, 비뚤어진 자기 이미지를 가지고 있으면 로또 같은 사랑이 와도 제대로 알아볼 수 없을 것이다. 그러니 자세히 오래 볼 정도로 마음의 빈틈을 조금 만들어주자. 당신과 연인 모두 행복할 수 있는 사랑인지 아닌지 당신 스스로 주의를 기울여 바라보고 음미할 수 있을 만큼의 빈틈을 만들자. 자신의 부족함과 관계에 대한 지독한 불신으로 가득 찬 마음에 살짝 틈을 만들 수 있을 만큼, 딱 그만큼만 자기 스스로를 조금만 돌봐주자. 상대에게 받기만 하는 것이 아니라, 아니 적어도 받는 것을 좁은 잣대로 쳐내지 않고 받는 만큼 충분히 느낄 수 있도록 상대방과 스스로를 '함께' 사랑해주고 어여쁘게 여기자.

예쁘지 않은데 어떻게 어여쁘게 여기냐고? '여엿브다'라는 우리 옛말에는 '어리석어 가엾게 여기다.'라는 의미도 있다고 한다. 어리석어 헤매는 나를 가엾게 바라봐주면 된다. 다만 당신만 가여운 게 아니라는 점을 잊지 말고. 그렇게 되면 다시 스스로를 한곳에 고정한 채, 그 안을 맴돌 뿐이니까. 자신이 본 게 전부라고 선불리 판단하지 말고, 보기 싫다고 그 위에 치덕치덕 뭔가를 마구 바르고 쌓아서 어떤 것이 맨얼굴인지도 모르게 하지 말고, "앞으로 또 변하겠구나." 하며 그냥 그렇게 바라보자.

성적 긴장감이나 육체적인 관계가 바탕이 된 연인, 다른 누구와도 나누지 않는 독점적인 관계, 혈연이라는 끊을 수 없는 무언가, 우리가 아는 그런 것들만이 사랑은 아니다. 자존감 형성에 큰 영향을 미치는 부모님의 사랑은 에로틱한 연애와는 다른 것처럼. 사랑은 도처에 있고 늘 우리에게 문을 열어둔다. 다만 특정한 사람과의 관계에서 열린 문을 계속해서 연결하고 확장하는 과정이 쉽지 않을 뿐이다. 사랑을 많이 받은 사람이든 그렇지 않은 사람이든 똑같이 어렵다. 예기치 못한 시련을 동반하는 여정이다. 그러니까 똑같이 어려운 길을 걷는 사람에게 당신까지 짊어지라고 하지 말고 당신이 좋아하고, 당신을 사랑하는 연인과 함께 늘 열려 있는 사랑의 빛 아래에서 자신을 돌보아주면 된다.

처음부터 잘하는 사람이 어디 있을까. 누구는 날 때부터 사랑꾼이었나. 천천히 조금씩, 꾸준히 스스로가 무슨 신호를 어떻게 왜 보내고 있는지 나 자신에게 귀 기울일 필요가 있다. 멈추지 않으면 나아가게 되어 있다. 물이 위에서 아래로 흐르고 강이 바다로 모이듯이.

사랑이 필요한가? 사랑이란 상대방에게 당신을 사랑해달라고 요구하는 일이 아니다. 우리에게 필요한 것은 언제나 나에 대한 사랑과 상대에 대한 사랑이 동시에 함께하는 사랑이다.

다시, 이제는
우리가 사랑할 시간

이제서야 말하는

성숙한 사랑의 조건

에리히 프롬은 성숙한 사랑에 5가지 요소가 필요하다고 한다. 그 중 첫 번째는 관심이다. 프롬이 말하는 관심은 '저 사람 괜찮은데, 한 번 말 걸어보고 싶다.'에 그치는 관심은 아니다. 그렇다면 굳이 '성숙한'이라는 말을 붙일 필요가 없었을 것이다. 엄마가 아이를 돌볼 때는 아이에게 모든 주의를 기울인다. 조금 떨어진 곳에서 아이가 놀고 있어도 아이에게 변화가 생기면 금방 엄마가 달려온다. 자신의 모든 신경을 그 사람을 위해 세워두고 있는 것이다.

프롬은 이런 관심을 '돌보는 일'이라고도 표현한다. 아이가 어른이 되려면 각종 사건 사고들을 겪으며 계속 살아남아야 한다. 부모의 돌봄이 없이는 불가능하다. 이처럼 그 사람이 죽지 않고 계속 살아 있도록 항상 신경을 쓰는 관심이 성숙한 사랑을 위한 조건이다. 아주 깊고, 지속적인 관심 말이다.

성숙한 사랑을 구성하는 두 번째 요소는 책임이다. 여기서 책임이란 대신 벌을 받거나, 부양할 돈을 벌어오는 것이 아니다. 프롬은 책임responsibility이라는 글자를 쪼개서 보여주는데, 책임이라는 단어에는 respond와 ability가 함께 들어 있다. 첫 번째 단어는 응답한다는 뜻이고 두 번째 단어는 능력이라는 뜻이니, 책임은 응답할 수 있는 능력, 곧 힘이라는 의미가 된다. 그래서 참된 의미의 책임은 상대방의 요구에 스스로 기꺼이 반응하는 일이라고 한다.

요구라는 말이 조금 부담스럽다면 이렇게 바꿔보겠다. 당신이 바라고 필요로 하는 것에 귀를 기울이는 일이라고. "엄마, 나 오늘 선생님한테 칭찬받았다!"라며 신이 나서 달려오는 아이를 웃으며 안아주는 엄마나, 배고프다고 칭얼거리는 친구에게 "밥 먹으러 갈까? 뭐 먹고 싶은 것 있어?"라고 되묻는 친구 등 모두가 사랑을 떠받치는 책임이고 상대방에게 응답하는 일이다.

상대방이 겉으로 표현하는 것은 물론이고, 차마 겉으로 표현하지 못하는 일까지 모두 귀 기울여 듣고 반응을 보이는 일이 사랑이다. 혹은 그런 준비를 갖추는 일이 사랑의 책임이다. 요즘 말로 하면 '리액션의 고수'가 되는 것이다. 재미없는 프로그램이지만 방송국에서 돈을 받았기 때문에 어쩔 수 없이 취하는 기계적이고 영혼 없는 반응 말고, '사랑의 리액션'이란 자발적으로 진심을 담아서 대화의 상대가 될 준비와 태도를 말한다. 항상 잘할 수는 없더라도.

세 번째 요소는 존경이다. 관심과 책임은 자칫하면 '나는 선생이고, 너는 학생이니까 내 말 들어.' 같은 식이 되기 쉽다. 상대방을 위한다는 명목으로, 사랑이라는 이름으로 행동을 강요하고 상대방이 스스로 생각하거나 선택하거나 실패할 시간을 주지 않는 것이다. 스스로의 의지로 움직였다가 실패하는 일도 인생의 아주 중요한 경험인데 그 기회조차 뺏어버리곤 한다. 조금 어려운 말로 하면 지배와 소유로 변질되기 쉽다는 말이다.

부모와 선생의 예를 들었지만 애인 사이라고 다르겠는가. 그

것 때문에 자주 싸우기도 한다. 상대방보다 앞서서 상대방에게 줄을 매어 자신이 바라는 방향으로 끌어오려고 하기 때문에. 그렇게 되지 않기 위해서 반드시 필요한 요소가 존경이다. 존경은 그 말의 어원(respicere; 바라보다)처럼 어떤 사람을 있는 그대로 보고, 그 사람이 다른 누구도 아닌 바로 그 사람이라는 것을 아는 능력이다. 쉽게 말하면 그 사람의 고유한 개성을 아무런 평가도 덧붙이지 않고 인정하는 일이다.

아무나 존경할 수는 없다. 정확히 말하면 아무 때나 존경할 수 없다. 상대방을 가려가면서 존경한다는 말이 아니라, 자신이 준비가 되어야 상대방을 존경할 수 있다는 뜻이다. 사람으로 살아 있는 한, 자신만의 역사가 있는 한 누구나 존경받아야 한다. 하지만 당신이 상대방에게 지나치게 밀착되어 있을 때는 그 사람을 존경할 수 없다. 있는 그대로 보기 위해서는 시야가 확보되어야 하고, 그러려면 조금 거리를 둔 채 떨어져 있어야 한다. 상대방에게 의존하는 관계에서는 그 사람을 있는 그대로 볼 수가 없다. 그 사람 뒤에 숨고 싶은데 어떻게 그 사람의 현재 상태와 지금까지 걸어온 길과 앞으로의 가능성을 있는 그대로 볼 수 있겠는가.

성숙한 사랑의 마지막 구성 요소는 지식이다. '여자들이 좋아하는 데이트 장소 100선' '남자들에게 반응 좋은 스타일 50선' 뭐이런 것일까? 물론 그런 것을 알고 있으면 무턱대고 들이댈 때보다 훨씬 상호 피로도가 줄어들 수도 있다. 그런데 생각해보자. 연애를 막 시작하는 과정 말고, 서로를 사랑하고 아끼는 과정에서 그 지식들이 그리 큰 힘이 되던가? 그런 지식은 연애 초반에만 필요할 뿐 어느 정도 단계가 진행했을 때는 그보다 더 중요한 게 필요하다.

바로 상대방의 가장 소중한 내면에 대한 지식이다. 플라톤 식으로 말하면, 상대방의 하나하나를 알고 또 그것들을 전부 연관지어서 상대방을 이해하는 힘이다. 프롬은 영혼의 비밀에 대한 앎이 필요하다고 표현한다. 그 사람의 내면 깊숙한 곳을 알아야 한다. 그 사람이 무엇을 꿈꾸고, 그의 인생에서 가장 슬픈 일은 무엇이었으며, 그가 스스로를 어떻게 생각하는지, 말하지 못하는 부분이 무엇인지 깊이 헤아려보기도 하면서 실제로 시간을 들여 생각하는 것이다.

또한 사랑한다면서 조금의 겸손함도 없고 자기가 아는 것이 전부라고 생각해서는 안 된다. 상대방의 가장 중요한 부분, 내밀한 마음을 아는 일은 당신이 이미 알고 있는 사실에 갇히지 않을 때부터 시작된다. 지금 눈에 보이고 성에 차는 것이나 그와 나의

나오며

공통점에서 맴도는 것이 아니라, 나와 다른 그의 속으로 뛰어들어야 시작할 수 있다.

사실 이 5가지 요소는 무엇이 더 먼저라고 할 것도 없다. 프롬은 아예 "보호와 책임은 지식에 의해 인도되지 않는다면 맹목"이며, "지식은 관심이라는 동기가 없다면 공허"하다고 선언했다. 사람으로 살아가는 일은 먹기, 잠자기, 숨 쉬기 중 어느 하나만으로 해결되지 않고 모든 것들이 함께 작용해야 하는 것과 같다. 물론 그 외에 만나기, 일하기, 생각하기, 느끼기 등도 모두 포함해서 함께 작용해야 한다. 자는 일은 숨 쉬는 일 없이 불가능하고, 숨 쉬는 일은 먹지 않고서는 불가능한 것처럼, 그렇게 서로 물고 물리는 것이다.

우리가 그때부터
알고 있는 것들

킴벌리 커버거Kimberly Kirberger의 '지금 알고 있는 걸 그때도 알았더라면If I knew then what I know now'이라는 시가 있다. 한 번쯤은 들어보았을 것이다. "지금 알고 있는 걸 그때도 알았더라면 내 가슴이 말하는 것에 더 자주 귀 기울였으리라." 그리고 사랑에 더 열중하고 어린아이처럼 행동하는 것을 두려워하지 않고 자주 입 맞추고 더 많이 감사하고 더 많이 행복해했을 거라는 시다.

우리가 그랬더라면, 지금 알고 있는 것을 그때도 알았다면 우리의 과거와 현재, 그리고 미래까지 달랐을까? 가끔은 그런 생각을 한다. '내가 그 손을 잡았더라면, 한 번이라도 너에게 물어봤더라면, 그 순간만 참았더라면 우리는 헤어지지 않았을까?' 이미 늦었기 때문에, 아니 알아도 바꿀 수 없었을 것 같아서 무의미하게 내쳐버리는 후회를 누구나 안고 살아간다. 머리로는 인생에 후회가 없다고 생각하지만 문득 아련히 떠오르는 마음이야 어쩔 도리가 없다.

우리는 정말 몰랐을까? 완벽하게는 알 수 없었지만, 정말 '하나도 몰라서' 그랬다고 말할 수 있을까? 앞에서 성숙한 사랑의 5가지 요소인 관심(보호), 책임, 존경, 자유, 지식에 관해 말했다. 굳이 언어로 정리하면 새삼스럽고 낯설어 보일지 모르지만, 사실 우리는 이런 것들이 필요하다는 사실을 이미 알고 있다. 너무 당연해서 말할 필요를 느끼지 못할 뿐이다.

나오며

이미 자연스럽게 그렇게 행동하고 있기도 하다. 그에게 관심이 없다면 어떻게 그가 당신과 같은 음악을 좋아한다는 걸 알고 말을 걸었을까. 그와 밤새도록 통화를 하고도 그다음 날 다시 메시지를 보내고, 그가 풀이 죽은 걸 누구보다 빨리 알아차릴 수 있겠는가. 멋대로 그를 재단하고 계산하지 않고, 있는 그대로 바라보는 일이 가장 이상적이라는 걸 우리가 정말 모를까. '내가 정말 알아야 할 모든 것은 유치원에서 배웠다.'라는 말도 있는데.

우리의 너무도 현실적이고 지질한, 괴로워서 밤잠도 못 이루게 만드는 고민이 긴 발효를 거쳐 다다르는 곳은 어쩌면 단순한 사실들인지도 모르겠다. 단순하기에 강력하고 변함이 없는 원리들 말이다. 그러나 긴 발효를 거치고 스스로 헤매는 시간이 있어야 절실히 깨달을 수 있다.

그렇게 단순한 사실들을 새삼스럽게 깨달은 다음의 문제는 실천이다. 아는 만큼 행동하면 얼마나 좋을까. 우리는 일찍 자고 일찍 일어나고, 제때 끼니를 챙겨 먹고, 적당한 운동을 해야 건강에 도움이 된다는 사실을 이미 알고 있다. 그러나 실천을 못해서 매일 그렇게 빌빌거리고 군살이 느는 것 아니겠는가. 구체적인 실천으로 이끄는 방법도 사실 우리는 이미 다 알고 있다. 약간 부족하다는 생각이 들 때 숟가락 놓기, 일주일에 3번씩 한 번에 30분 이상 운동하기, 전자파에 노출되는 시간 줄이기 등 정말 하나도 몰라서 못하는 게 아니다.

사랑도 마찬가지 아닐까. 하다못해 모르면 알아보고, 서투르면 배워야 한다는 사실 정도는 알고 있다. 사랑에만 예외를 두지 말자. 사랑도 사람이 하는 일인데 전혀 다르지 않다. 알아보고 익히고 해봐야 는다. 사랑을 아까워하지 말자. 사랑에 쏟는 시간과 노력도. 심지어 이별도 너무 두려워 말자. 신중에 신중을 기하는 것이 가장 좋겠지만 중요한 건 사랑의 기간이 아니라 사랑의 밀도이고, 깨진 사랑도 우리에게 거름이 될 수 있다.

'이렇게 아플 줄 알았더라면 시작조차 하지 않았을 걸.' 마음이 밑도 끝도 없는 암흑 속을 헤맬 때는 이런 생각을 하게 된다. '차라리 만나지 않았다면, 시간을 되돌릴 수 있다면.' 아무리 그렇다 해도 사랑하는 인생을 택하는 편이 더 낫지 않을까. 참고 억누르고 아무것도 하지 않는 안전한 삶보다, 사랑하고 아파하고 그렇게 다시 사랑을 느끼고 알아가는, 그런 인생 말이다.

당신이 계속해서 사랑하는 삶을 택한다면 가장 아픈 상처도 가장 아름다운 꽃을 피우는 비옥한 토양이 될 수 있다. 우리는 어차피 맞닿은 채 살아갈 수밖에 없다. 지금 이 순간에도 당신은 의자 아니면 바닥과 맞닿아 있는 것처럼. 그런 게 바로 삶이다.

나오며

사는 일도, 사랑도, 철학도 가르칠 수 없다는 점에서, 끊임없이 계속 스스로 움직여야 한다는 점에서 같은 선상에 있다. 어떻게 가르친다고 한들 스스로 살고 사랑하며 생각하는 일과는 전혀 같을 수 없다.

우리는 부딪히고 아파하고 물어보고 찾고 두드리며 계속 조금씩 스스로 엮어갈 수밖에 없다. 그렇지만 반드시 다른 사람, 다른 존재, 다른 세계와 함께할 때만 가능한 여정이기도 하다. 혼자서는 태어날 수도 없고, 이 세상이 무noting라면 생각할 수도 사랑할 수도 없을 테니까. 다른 것들과 접촉하면서 배우고 또 실패하고 익히며, 함께 그러나 스스로 계속해서 움직이는 일, 그것이 삶이자 사랑이자 철학이다.

누군가 당신을 구원해주기를 바라며 먼 환상으로 도피하기보다 '지금'을, '나'를 살자. 철학이든 사랑이든 자기를 괴롭히거나 제자리에서 방황하는 일이 아니다. 때로는 진전이 없는 것처럼 느껴지는 과정도 있지만 힘들다고 도망치지 말자. 나와 사랑과 철학을 계속 움직이면서, 마주하면서 살아보자. 이제는 우리가 사랑할 시간이다. 살며, 사랑하며, 철학하며.

허유선

나는 너와의 연애를 후회한다

초판 1쇄 발행 2018년 6월 28일 | **초판 3쇄 발행** 2018년 10월 5일 | **지은이** 허유선
펴낸곳 원앤원북스 | **펴낸이** 오운영
경영총괄 박종명 | **편집** 이광민 · 최윤정 · 김효주
등록번호 제2018 - 000058호 | **등록일자** 2018년 1월 23일
주소 04091 서울시 마포구 토정로 222, 306호(신수동, 한국출판콘텐츠센터)
전화 (02)719 - 7735 | **팩스** (02)719 - 7736 | **이메일** onobooks2018@naver.com
블로그 blog.naver.com/onobooks2018
값 14,000원 | **ISBN** 979-11-89326-00-5 03810

이 도서의 국립중앙도서관 출판예정도서목록(CIP)은 서지정보유통지원시스템 홈페이지
(http://seoji.nl.go.kr)와 국가자료공동목록시스템(http://www.nl.go.kr/kolisnet)에
서 이용하실 수 있습니다.(CIP제어번호: CIP2018018442)